中島らもエッセイ・コレクション

中島らも 著
小堀 純 編

筑摩書房

ちくま文庫

目次

第一章　あの日の風景――生い立ち・生と死

第三章　エンターテイメント職人の心得——文学・映画・笑い

第四章　こわい話――不条理と不可思議

第五章 サヨナラにサヨナラ——性・そして恋

本文イラスト　中島らも
写真撮影　長岡しのぶ

中島らもエッセイ・コレクション

第一章　あの日の風景

――生い立ち・生と死

幼時の記憶

おれは赤ん坊の時、母親の乳房を吸った記憶がある。

その時の母親の顔とかの記憶はなく、ただふくよかな乳房がおれに向かってくるというものであった。おれは乳房の真ん中に吸いつき、そのあとのことは覚えていない。

背景に十段ほどある木の棚があった。その棚の中には、色とりどりの薬が入っていた。もちろん乳児であるから、それが薬であるとは知る由もない。後年になってからそれが薬であると、見当づけたものであろう。

おれは長い間このことをだまっていた。だが十歳になったある日、母親に話してみた。母親は非常に驚いて、

「三〜四カ月の子供に、そんな記憶があるわけがない」

と言いはった。

しかしおれが背景の薬の棚の話をすると、

「それはあんたが三つまで住んでいた、尼崎《あまがさき》の入江の家だ」

と言った。

母親は父親にそのことを話して、

「そんなことはありえないでしょう」

と言った。父親は少し考えた末に、

「いや、そういうこともあるかもしれません」

「どうしてです」

「三島由紀夫は、自分が産道から生まれる時のことを、覚えていると言ってます。だから生後三カ月のことを覚えていても、別に不思議ではないのではないでしょうか」

後に小学校に入って勉強してみると、おれは自分の記憶力が異常に鋭いのに気づいた。

「明治維新が一八六八年」

と、教科書にあれば、一読してそれを半永久的に覚えてしまう。そのうちに友達が、

「記憶の中島」

と言って寄ってくるようになった。

ただし、小学校、中学校くらいが記憶の最盛期であったようで、後年に三十五歳でリリパット・アーミーという劇団を作った頃には、「記憶の中島」が「忘却の中島」

になり果てていた。生後三カ月のあの記憶力がよみがえってほしい。今では昼喰った飯が何だったかも忘れている有様だ。

ナイトメア

尼崎にある小さな家は、一階が診療所、二階二部屋がおれと兄の寝室、夫婦の寝室。それに小さな台所がついていた。

当時（一九五〇年代）歯医者は非常に儲かるという風評が、巷に流れていたが、それは本当のことである。それが一九七〇年代になって、歯医者が増えすぎ、いわば買手市場になってしまった。

ところでこの家の寝室でおれは初めて、「恐怖」というものを味わった。

これはうまく表現できないのだが、ふとんに入って天井を見上げていると、天井から光の帯が降りてくるのである。ちょうどオーロラのような感じだ。そのオーロラのような帯がおれに非常な恐怖の念をもたらすのだった。

なぜ光の帯なのか、なぜお化けではないのか、今になってみればわかるが、恐怖というのは何者かに仮託《マップ》するものであるからだ。当時のおれは、その仮託する相手を知らなかった。だから抽象的な光の帯になったわけである。

光の帯はいつも夜の十二時すぎに現われた。おれは身体を硬直させ、冷や汗を流し、金縛りに遭って、身動きできなくなった。
それがいくつか年をとると、仮託していた恐怖の感情の根源のようなものが、具体的な形をとって現われるようになり、その具体的な形というのは、
「カカシ」
であった。
上の方の村人たちが恐怖に歪んだ顔をして、走り降りてくるのである。そのとたん村は無人の村となる。逃げ遅れたのは、おれだけだ。しばらくすると山の上から、
ぴょーん
ぴょーん
と、音がして、カカシが降りてくる。カカシは村に人々のいないのを見定めると、おれの方に向かって、ぴょーん、ぴょーんと近づいて来るのである。
読者諸兄は笑っておられるだろうが、その時の恐怖といったらない。
そういえばアメリカのホラー映画で、タイトルは忘れたのだが、カカシをモンスターに仕立てた作品があった。読者諸兄も嘘だと思ったら、十日間カカシと一緒に暮らしてみるといい。

ナイトメアⅡ

前回は、おれがご幼少のみぎり（カカシに追いかけられる）悪夢にうなされる話を書いた。

長じてカカシはだんだん姿を消し、代わりの悪夢が登場するようになった。

それは講堂にいっぱい人がいて、突然前の方で、

「ギャーッ」

という悲鳴がする。人々がどんどん講堂の出口に向かって殺到するのである。

「何だろう」

と、見てやると気のふれた男が、大きな刺身包丁を持って、周りの人たちに切りかかっているのだった。

おれが呆然としている間に、人々はみんな講堂から逃げ去って、いつの間にやらおれだけになってしまった。男はケラケラと笑いながらゆっくりとおれの方へ近づいてくる。

できれば一度お目にかけたい夢だが、これは本当に恐い。

成人して社会に出てからは、あまりそういう夢は見なくなった。が、ひとつだけ今でも見る悪夢がある。夜中に眠っていて、突然ガバッと上半身を起こす。

「卒業できない」

これは高校を卒業できそうになかったことと、大学の単位が足りなかったこと、この二つがミックスされて、こんな夢になっているのである。ガバッと起きた時にはTシャツの背中が、ぐっしょりと濡れている。ぜいぜいと息をついて初めて正気になる。〝そうだ。おれはもう社会に出て、サラリーマンを十四年間して、今では自分の事務所を持っているのだ〟と、この時の安心感というのはない。よほど単位に苦しめられていたのだろう。

ところが今では逆転現象が起こっている。締め切りが三つも重なると、これはもう悪夢である。だからおれはその悪夢から逃げるために、ベッドの中に逃避する。こういう時の眠りは蜜の味がする。

ところで話は変わるが、おれはフロイトを信用しない。ましてやユングは、もっと信用しない。カウンセリングでフロイトは夢判断をするが、例えばハトはセックスのシンボルだなどと言われても、こちらは困る。何の根拠があって、そういうことを断言できるのか。何か膨大なリサーチでも、バックにあるのか。一度フロイトにカカシの夢を分析してもらいたかった。

歌うこわっぱ

ある夜おれは急に歌いだした。

もう寝ようというので入ったフトンの中で、突然歌いだしたのである。

歌は確か「青い目をしたお人形は」というあれだったと思う。その歌声を聞いた両親は、非常に驚いた。というのは、生まれてから何年間か、おれは歌というものをまったく歌わない幼児であったからだ。誰もおれの歌っているところを、見たことも聞いたこともなかった。

母親は「この子は歌わない子なんだ」と、諦めていた。父親は「幼稚園とか、小学校にあがると音楽の時間があるから、苦労するだろうなぁ」と嘆いていた。それが急に溢れるように歌い出したものだから、非常に驚いたわけである。

おれとしては別に意地になって歌わなかったわけではない。必要性がなかったから、歌わなかっただけである。

当時の下町の子供の遊びは、歌を必要とするようなものではなかった。ビー玉やメンコ、鬼ごっこ、三角野球。「かごめ・かごめ」などは女の子の遊びとされていた。したがって歌の出る幕はなかった。

ただし、当時はまだテレビはなく、ラジオ文化であった。そこから流れ出てくるたくさんの歌を、おれは耳で覚えて知っていた。

親が驚くのを見るのが面白くて、おれは次から次へと、二十曲近く歌った。

おれが音楽を人前で披露した、初めての体験である。長じて十二歳になった。その頃は「御三家」と呼ばれる人たちがいて、これが橋幸夫・西郷輝彦・舟木一夫の三人である。遠足などに行くとバスの中は「高校三年生」の大合唱になる。

「小学生のくせに、何が高校三年生だ。ケッ」

と呟く人間は、このバスの中でただ一人のビートルズ・フリーク、つまりおれであった。

診察室にレコードプレイヤーがあって、ここで毎晩ビートルズを聴いた。そのうちにガット・ギターを手に入れて、一日二時間ほど弾いていた。

おれの頭の中では、消毒液の匂いと音楽とが混然と混じり合っている。

プチ・ブルの優雅な生活

「おれはプールつきの家で育った」

「またまたぁ、らもさんたら」

「プールの隣には、ローラースケート場があった」

「なんで私にまで、そんな嘘をつくんですか」

しかし、本当にあったのだから、仕方ないではないか。駅前の百坪の土地を購入し、そこに五十坪の家を建てた。そのうち、三分の一は歯科の診療所である。五十坪の庭がまるまる残っているわけだが、さてこれをどうしたものか。

母親はさっそく、桃と枇杷《びわ》と無花果《いちじく》を植えた。いずれも食べられるものばかりである。

植木屋さんの言うことには、庭には果実を植えない方が家相が良いとか、無花果を植えると根を生やし放題にするので、土地に良くないと言う。しかし背に腹はかえられないので果実ばかり植えた。ところが、できた果実のおいしいことおいしいこと。

ことに蟻がたかって、触れなば落ちんというくらい熟した無花果は、口の中でとろけるケーキのようだった。

さて、これらの植木を除いてもまだたくさんの土地が残っている。おれと兄貴はその空地で、毎日西部劇ごっこや戦争ごっこをして遊んでいた。

するとある日親父がシャベルを片手に、仁王立ちになって言った。

「今から君たちにプールを作ってあげる。じゃまにならないようにあっちへ行って遊びなさい」

それから一週間ほどしてプールができた。二メートルと五メートルのプールで、排水口もしっかり作ってあった。

「さぁ、泳ぎなさい」

おれたちは泳いだ。おかげで今も水泳は得意だ。

ところで、今になって思うのだが、あの時の親父は躁病だったのではないか。そうでもなければ、プールひとつを一週間で掘りあげるなんてできるわけがない（実はその時プールだけでなく、ローラースケート場も作ったのだ）。おれは自身が躁うつ病なので、躁の時の状態がよくわかる。躁うつ病の遺伝率は、たったの三％である。おれたち親子はその珍しい的を射《あ》ててしまったようだ。

街の点描

その頃おれが住んでいた駅前周辺を、少しスケッチしてみたい。

駅前のバス・ターミナルには何もなかった。チェーン店のケーキ屋が一軒。それに『喫茶おばちゃん』という店が一軒あるだけであった。この「おばちゃん」は看板に「うどん・中華・コーヒー」と大書してある奇怪な店で、それでも駅周辺の外食需要を一手にまかなっていたのである。うどんもカレーもこれが料理か、と思うくらいにまずかった。それでもたまに母親が病気で倒れたりした時に、おばちゃんから出前を取るということになると、我々兄弟は妙にうきうきしたのであった。

後年「全日本まずいもの同好会」を発足することになるが、その根底にはこの『喫茶おばちゃん』の「マズイがうれしい」感が横たわっているものと思われる。

さて駅前の道を左へ折れて少し行ったところに、真田医院がある。このお医者さんのことは、以前に書いたのだが深い植え込みがあって、扉を開けるとぷーんとクレゾールの匂いがしてくる。待合室で少し待って診察室へ通される。先生は、こちらに背

中を向けていて、やがてくるりと振りかえるとロイドメガネ越しに、

「どうしました」

と、太い声でおっしゃる。こっちはもうそれだけで半分病気が治ってしまったような気になったものだ。真田先生はその頃から「おじいさん」であった。それで何十年もたってから書いたそのエッセイで「もうとっくに亡くなっておられるだろうが」と書いた。ところが去年久しぶりに兄貴のところへ行ったところ、先生は御存命であった。こっちはもうびっくりして、エッセイの件を平謝りに謝って、退散したのであった。

その真田医院から二〜三軒行ったところが貸本屋であった。ここはおれのワンダーランドだった。ここでおれは様々な本を、多分一日に二冊くらい借りて読んだ。白土三平、つげ義春、水木しげる、小島剛夕、山田風太郎、柴田錬三郎……ｅｔｃ．

それから次の角をちょいと曲がったところがうちの中島歯科で、四周は全部韓国の人の家であった。

韓国の子と遊ぶなと母親は言ったが、その理由が明快にされないものだから、おれはいつも韓国人の子と遊んでいた。

以上がおれの街のざっとしたスケッチである。

親父

おれの親父は寡黙な人であった。

よくおれを散歩に連れて行ってくれた。

尼崎市というのはご存知のように「公害の街」であった。

ある日親父と散歩していると、家々の屋根に何だか黒い雪のような物が降り積もっている。

「お父ちゃん、あれ何」

と尋ねると、親父はぶっきらぼうな調子で、

「煤煙《ばいえん》や」

と、ただ一言答えた。

またある日散歩をしていると、踏切のあたりに救急車、パトカー等が来ていて、野次馬が集まって、わいわい騒いでいる。

「お父ちゃん、あれ何」

とおれが尋ねると、親父はただ一言、

「飛び込み自殺や」

はたまたある時線路沿いの原っぱに、男の人が倒れていた。男の人は顔が血まみれで、その血がワイシャツにまで染み込んで、凄惨な有様になっていた。

「お父ちゃん、あれ何」

とおれが尋ねた。

すると親父はたった一言、

「喧嘩や」

と答えた。

親父は手先が器用で、普通なら技工士に出してしまうような入れ歯、義歯等も自分で作ってしまっていた。診察室の一隅が技工室になっていて、親父はそこで入れ歯等を作ることを、むしろ楽しんでいた節がある。おれはその技工室で親父が仕事をしているのを見ることを、喜びとしていた。精巧なてんびん秤の上で鉛がじんわり溶けていく様子。型にはめられた義歯が、ぽこんと鋳型から出てくる様子。

放っておくとおれは二時間でも、三時間でも、この光景を見ていたことだろう。

父はよほど子供がかわいかったのだろう。降るようにプレゼントを与えてくれた。ローラースケート、野球の道具、サッカーの道具、ボクシングのグローブ。

戦争に行っていた男性は、結婚が遅くなる。だからえてして自分の子供を溺愛して育てたりする。そういった愛情を心身に浴びて育てられた自分はずいぶんと幸せ者だと思う。

出っ歯の男

ちょうど桜の花の乱れ溢れる季節の終わり頃。

おれと兄は昼すぎ、その花の小さな嵐のようなものの中で遊んでいた。

歯科医院の入口は、二平方メートルほどの露天の三和土《たたき》になっていて、そこに一本の小ぶりな桜が植わっていた。道往く人はこの桜の花の具合によって季節の如何《いかん》を知るのであった。

そしてその花も終わりという頃にもなって、おれと兄とはその花吹雪の中で遊んでいたのだった。

何をおもちゃにしていたのか。たぶん桜の花びらがお金の役を務めるような、幼稚な遊びであったろう。

その時、玄関口に、奇怪な男が現われた。黒い帽子に、黒いフロックコート。そして何よりも恐ろしいのはその出っ歯であった。街を歩いていればしょっ中出っ歯のおじさんやおばさんに出会うが、その何倍もの出っぱり具合を有したおじさんなのである。

おじさんは四方を眺めまわしたあげく、おれたちに目をつけた。そしておじさんはおれたちに向かって声をかけた。

「ぼくら、このへんで『中島』っちゅう家を知らんかいなあ」

おれたちの恐怖は極限に達した。正直に答えようが、嘘でその場を凌《しの》ごうが、返ってくる恐怖は同じもののように思えた。おれは泣き顔になって、

「ここが、その家です。ぼくらはこの家の子供です」

と言った。

出っ歯男はニヤニヤと我々を観察したあげく、口の中に手を入れ、ガパッと出っ歯の入れ歯をはずした。そして言った。

「お父ちゃんや」

おれたち二人は桜の木の根っこにへたり込んでしまった。

しかし、この一瞬のために、何週間もかけて「出っ歯の入れ歯」を作った親父には、頭が下がる。

土筆摘み

おれの母親は節約家であった。

例えば煮魚を作ったとして、その煮汁を捨てるということをしない。小さなプラスティックの容器にその煮汁を入れ、「○月○日魚の煮汁」と書いて冷蔵庫の中に保管しておく。したがって我家の冷蔵庫の中は試験管をびっしり並べた、研究所の冷蔵庫のような状態になっていた。

昔親戚の家に間借りをしていた頃（我々はもちろん生まれていない）、ずいぶんと貧乏と気兼ねを味わったようだ。例にとっていえば昼ご飯になったとする。父親の食事は、きつねうどんである。だが母親のうどんには揚げが入っていない、素うどんである。油揚げ一枚を節約したわけである。たぶんうどんの汁を捨てるなんてことは、とんでもない恐ろしいことであったにちがいない。カップに入れてラップをして「○月○日うどんの汁」と書いて冷蔵庫に。もっともその頃昭和二十一、二年、冷蔵庫というものが一般家庭にあったものかどうか。おそらくなかったとおれは思う。

おれが初めて冷蔵庫というものを認識したのは、昭和三十年ぐらいでそれはもちろん電気ではなくて、氷の冷蔵庫であった。二段式になっていて上の段に氷を入れる。下の段に食物を入れる。だから毎日昼前になると氷屋が来て、氷を切って冷蔵庫に入れていった。

話が飛んだ。そんな節約家の母親だったが、ハリー・ベラフォンテとエルビス・プレスリーには目がなくて、おれはよくプレスリーの最低の映画に付き合わされた。

早春のある日、母親は「土筆《つくし》摘み」に行こうとおれを誘った。JRと一般道路の間の土手に土筆が芽を出しているらしい。昨日では早すぎる。明日では遅すぎる。土筆とはそういう旬のあるものらしい。

先頭をきっておれが土手に登った。母親は麦わらのかごを手に後から追って来た。土筆は面白いように穫れた。すぐにかごいっぱいになって、母親は、

「よう穫れたね」

と言って笑った。我々が穫った土筆は「三月十一日魚の煮汁」で煮られ、その夜の食卓に供された。あまり旨くなかった。

母親は三年前の十一月に、亡くなった。

あの日の風景

おれの生家は、ＪＲ某駅のど真ん前にあった。父は歯科医であった。これは今でも兄貴が継いでいる。おれは次男だから好き放題ができた。感謝している。

後から聞いたのだが、家は百坪ほどあったらしい。家の建坪は五十坪だったろうか。父は庭にいろんな植物を植えた。クヌギは群を成してひとつの林を造っていた。このクヌギには毎年決まった蛾がついて家の者を気味悪がらせた。クヌギの他には様々な果樹が植わっていた。

ブドウの実は小さいけれど甘かった。

モモは毎年夏前になると何十個もの実をつけた。

イチジクはそっと触らないとポタッと落ちてしまうくらい熟していた。だから未だに町の果実屋ではモモやイチジクを買う気がしない。

イチジクの木の横に納屋があった。この納屋に入るのは子供心にはちょっとしたサスペンスであった。納屋の中はぷ〜んと古びたカビの匂いがした。そこには古い火鉢や鉄兜、わけのわからない銅製の機械、タンスなどがあった。タンスの中には何かありそうで、おれも兄貴も開けたことがなかった。

おれの父は珍しいものが好きな人で、単車というものが世に出るやいなや四〇〇ccくらいのでかいバイクを買い、休みの日は一日中バイクでどこかへ出かけていた。一度裸のふくらはぎにマフラーを直接くっつけて大火傷をしたことがある。

おれが十歳の頃庭でパスーン、パスーン、と妙な音がする。何だろうと思って庭に出てみると、父が半裸で弓を引いているのであった。

納屋の壁に明らかに手製の的をしつらえて、それに向かって和弓を引いているのである。

「お父ちゃん、何してんのん」

とおれが尋ねると、父は、

「おお、お前か。お父ちゃんはなぁ、弓を引いとるんや。お前も一度引いてみなさい」

しぶしぶ弓を引きに行ったのだが、何せ十歳の子供のことである。あのバカ長い和弓なんぞ引けるわけがない。持っているだけでふらふらする。何とか体勢を整えて一発打ってみたものの、矢はカラリンと音をたてて目の前五〇センチほどのところに落ちるばかりであった。

父は嬉しそうに笑って、

「まぁ、お前にはまだ無理だろうなぁ。よしお父さんが」

そう言うと父は弓に矢をつがえキリキリと絞りあげ、的に向かってパシッという音とともに矢を放った。矢はビューンとうなりをたてて隣の土井さん家《ち》の二階の物干台に突き刺さった。

懐かしい家。しかしモモの木も、イチジクの木も、クヌギの林も今はもうない。弓引く人は今日亡くなった。

すべては空の空である。

十年目の約束

小学校の同級生から電話があった。四年生のときに担任していただいた高倉先生が亡くなられた、という連絡である。この訃報に僕は我が耳を疑った。先生が亡くなられたことに驚いたのではない。非常に失礼な話ではあるけれど、先生がまだご存命であった、そのことに驚いたのである。

というのは、教えていただいていた二十七年前、先生はすでに「おじいさん」だったからだ。

RCサクセションの昔のヒットに「僕の好きな先生」という歌があるが、僕はあれを聞くたびにいつも高倉先生のことを思い出していた。先生はあの歌そのままに、「煙草を吸いながら」チョークの粉だらけの青いうわっぱりを着、僕たちに面白い話をしてくれる「僕の好きな先生、僕の好きなおじいちゃん」だった。担任していただいたのは一年間だけだったが、先生の印象は強烈に残っている。その後、毎年年賀状をいただいていたのが、ある年からぱったりと来なくなった。僕は「先生もお年だったし、亡くなられたのだ」と勝手に決めてしまっていたのである。

そんなわけだから先生の訃報に接して仰天した。当時すでに鶴のごとき風貌のご老人だったのに、それから三十年近くたっているのである。先生はいったいおいくつで亡くなられたのか想像もつかないのだ。ただ、先生がそれほどご長命でいらした理由については思い当たるところがある。先生は玄米を中心とする菜食主義者だったのだ。

ある日、何かの都合で給食のない日があった。生徒たちは各自弁当を持ってきたのだが、昼食時にふと見ると先生の机のまわりに子供たちが群がってみんな目を丸くしている。僕ものぞきに行った。子供たちの輪の中央では先生が自分の弁当を開陳《かいちん》されているところだった。おかずはごぼうやニンジンの煮しめのようなもので、ご飯は薄く色がついているのでどうも茶めしのようだ。先生はあんまり生徒が群れてくるので、ついに教壇の上に立って自分の弁当の解説を始められた。

「このご飯は茶色だからみんな炊き込みご飯だと思うやろうが、そうではない。これは玄米というものだ。みんなの中で玄米を食べたことのある者は手をあげぃ！」

誰一人として手をあげなかった。全員、ご飯というのはまっ白なものだと信じ込んでいたのである。先生は少しがっかりされたようだった。

「玄米というのは米をついて白米にする前のものだ。慣れないうちはごわごわしてうまくないが、ゆっくりよく嚙んでいるといい味の出るものだ。おかずはごんぼ、にんじん、れんこんなんかの根菜を炊いたものや」

先生はもうこの食事を何十年と続けておられるという。先生は若い頃に大病を患って長く入院生活をされたのだが、この時期にある人から菜食主義の利を説かれた。で、玄米食にきりかえてみたところ、みるみるうちに持病が遠ざかり、それ以来風邪もひいたことがない、という。たしかにそう言われてみると、先生は一見するとやせたおじいさんなのだが、頬の色などはバラ色で肌にも張りがあった。体育の時間になると先生の元気さが如実にわかった。

その小学校の裏手は保久良山《ほくらさん》という小ぶりの山なのだが、体育の時間になるとよくマラソンでこの山に登らされた。五十分で登って降りてくるのである。小ぶりな山だといっても、長い急坂を登って頂上に着く頃にはみんなあごがあがってしまってぜいぜいいっている。元気のいいわれわれがそういう状態なのに、先生は頂上まで行っても息も切れておらず、眼下に横たわる神戸港の景観をながめながら、さもうまそうに煙草を呑まれるのだった。先生の煙草はいつも吸い口つきの「朝日」だった。

ある日、先生はいつものように山のてっぺんで、ぜいぜいいっている僕たちをながめながら、変わったことをおっしゃった。

「君たちはこれから大人になっていくのやが、いまのままハンバーグやらそういうものを食っとったら長生きはせん。先生のほうが君らより元気で長生きをする。嘘やと思うたら、十年後の今日と同じ日に、ここで集まろうやないか。先生は今と同じで君らよりずっと元気やから」

四十何人かいた高倉学級の生徒たちは面白がって、十年後の今月の今日、必ずここに集まる、ということを固く約束し合った。

この約束の印象は強く、僕は中学に行ってからも高校生になってからも、ときどきこのことを思い出していた。しかし、ちょうど十年たったときの僕は二十歳であった。腰まで髪をのばしたフーテンで世の中の全てを呪っていた。そんな僕がこの約束を思い出すはずもなく、また仮に思い出したとしても山に登って昔の先生に再会するなどという健全でセンチなことをするわけがなかった。

僕のささくれだった二十代はそうして過ぎていき、三十何歳かになったときに、僕は偶然に街で当時の同級生に出くわした。なつかしいので一杯飲もう、ということになった。三宮の縄のれんで子供の頃のことを肴にして盃を交わしているうちに、その旧友がなぜか恥ずかしそうな表情になって、ぽっつりとつぶやいた。

「俺なぁ、……行ったんや、あの日」

「行ったって？」

「ちょうど十年たった○月○日に、保久良山のてっぺんに。ほら、高倉先生と約束したやんか」

「ああ。きみ、ほんまに行ったんか。よう覚えてたな、そんなこと。で、どうやった？」

「うん。俺だけやったわ、来てたの」

「高倉先生も忘れてはったんか？」

「ああ、俺一人やった」

恥ずかしそうに打ち明けるその旧友を、僕は「アホやなあ」と笑った。熱いものがせりあがってきそうになった自分にあわてたのだろう、茶化さずにおれなかったのである。

O先生のこと

学校の漢文の授業の最中に同級生のSが手を挙げて質問した。

話はちょうど酒仙の李白の詩におよんでいるところだった。

「先生。先生は渓谷に庵《いおり》をたててそこで酒を飲むのと、川に舟を浮かべてその上で飲むのと、どっちがいいですか？」

授業に茶々をいれて脱線を誘おうという意図がまるみえの質問だ。

しかし、担任のO先生は悪いことに李白におとらぬくらいの酒好きだった。

三國連太郎を少しつぶしたような顔のO先生は目を細めて、

「うーん……」

と考え込んでしまった。

その考え込む時間がまた長い。顔つきも段々と真剣になってくる。

クスクス笑いがあちこちで起こり始めたころ、先生はやっと顔を上げて、

「ううむ。どっちもいいなあ」

と答えられた。

僕は何となくこのO先生が好きだった。

二日酔いのせいだろう、いつもだるそうなしゃべり方で、前の方の席に座ったりするとぷんと熟柿《じゅくし》くさいにおいが漂ってきたりした。

脱線も多い人で、文学の話などになるともう線路も何もあったものではない。話は時空間を飛び越してあっちこっちをさまようのだ。

たぶん、O先生は若いころ、作家志望の青年だったろうと思う。

僕が教えてもらったときにはもう五十前だったろうが、あのけだるさというのは何か大きなものをあきらめた人に特有のけだるさだったような気がする。

ところで、僕たち悪ガキはそのうちに、後述するように、集まっては学校で酒を飲んだりするようになった。

だれかが家からジンの一ビンをくすねてきたりする。

「ほら。これ、これ」

「おっ！　やろやろ」

というので、人のあまり来ない棟の階段の踊り場あたり、不良どもが車座になって酒盛りが始まる。

その後でフラフラになって授業に出て眠ったりすることもあるが、そういうときにはあまりの酒臭さに教室内が騒然とし始める。

しかしO先生だけは気づかなかったようだ。ご自分が酒臭かったからだろう。

O先生は十年以上前に、ガスのホースを踏んで火が消えたのに気づかず、亡くなられた。水に映った月をとろうとしておぼれた李白の死に、似ていなくもない。

月島の日々

三十二歳から三十四歳まで、勝鬨橋を越えたところの月島に住んでいた。晴海通りの一本裏手にあるワンルーム・マンションである。これはおれが勤めていた日広エージェンシーという広告代理店の「東京支店」ということになっていた。当時のおれは一カ月にエッセイを四十三本書くような状態で、この原稿料はすべて会社の売り上げにしていた。だが大阪にいるとなにかと雑用が多いので、イントンするために東京に逃げてきたわけである。

月島はもんじゃ焼の町で、ほんとに電信柱おきごとにもんじゃののれんがあった。中には、「男の方のみの二人連れはお断りいたします」という奇怪なことわり書きの出ている店もあった。

ここに住み暮らすこと三年。もんじゃ焼きは一度食べたきりである。なんだかゲロのようなものだな、と思った。

部屋の中にこもって暮らしているので、一日に発語するのがそば屋での、

「天ぷらそば」

一言だけ、というようなことがしょっちゅうあった。

道を渡ったところにあるもつ煮込み屋に行くときにはもう少しよくしゃべった。

「白いとこ三本（ここのもつは串にさして煮込まれていて、白いのと黒いのとがあった）」

「お酒おかわり」

酒は一杯百五十円であった。酒屋で買うよりも安い。いまだにナゾである。

ここの煮込みはミソ仕立てでとてもうまいのだが、店にゴキブリがたくさんいて、行くと次の日は必ず下痢をした。それでも三日に一度は行った。

一日に八本もエッセイを書くようなことがあって、そういう日の夜は脳みそが百五十円の酒を求めてうずくのである。

その店の並びには焼肉屋もあった。ここには主にご飯を食べに行った。三日間一粒の米も食べていない、というようなことはしょっちゅうあったので、体がメシを要求するのだ。

アペリティフに生ビールを一杯。その後にハラミとバラとロースで白飯をかき込む。三杯は食べた。

部屋に帰って少し眠ってから、また原稿を書く。

春、秋はいいのだが、夏場が悲惨だった。

クーラーがこわれていたのである。

それなら不動産屋に電話して修理屋に来てもらえばいい。それはそうなのだが、おれは第三者がこの部屋に入ってくるのがいやだった。わずらわしく、うっとうしかったのである。したがって三年の間、クーラーは一度も作動しなかった。

ところで、部屋の空気というのは、天井の辺りがいちばん温度が高くて床の辺りがいちばん低い。あたたかい空気は軽くて上にのぼるからである。

したがっておれは夏の日々にはぬらしたバスタオルを一枚床にしき、その上にパンツ一丁の姿で横になった。眠るのではない、起きている。そうしてひたすら涼しい夜のくるのを待っているのだ。

そうしていても暑いのだからやはり汗はかく。

シャワーをあびればよいのだが、それすらも、ぐったりしているのでめんどうくさい。

起きてシャワーを浴びる気力がない。

ただひたすら夜のくるのを待っている。夜になって涼しくなって、日本酒の三杯も飲めば、ものを書く力もわいてくる。

ある日のこと、日中そうして床にへばりついていると、妙なことに気がついた。

体が異様にくさいのだ。

この前シャワーをあびたのは八日前だった。だから汗くさくてあたりまえなのだが、それは汗くさいとかそういうたぐいのにおいではなかった。

強いていうならば「カビくさい」のだった。

カビくささと汗くささがブレンドされて、体中からつんと鼻をつく異様な臭気となってたちのぼっているのだった。

「体にカビがはえた！」

おれはそう思い、うろたえた。うろたえながらバスルームに入り、シャワーをあびて、石けんで体中をこすった。おどろいたことに、一回目は「泡がたたなかった」。

二回目で初めて泡がたち、おれは体をすみからすみまでよおく洗った。

乾いたタオルで体をふき上げると、においはウソのようになくなっていた。

それからのおれは、三日に一度はシャワーをあびるように心がけた。しかし相変わらず床にペタッとはりついたまま日中をすごし、ひたすら秋のくるのを待っているのだった。

初出社はロンドンブーツ

　初めての会社に行ったのは、昭和五十年の四月一日である。オイルショックの後の不景気で、目をおおうような就職難であった。そんな中、公認会計士をしている叔父が、

「去年社員旅行でグァム島へ行った会社があるんやが、行ってみるか」

と言ってくれた。是も非もない。おれはその会社にすがりつくことにした。中堅の印刷会社だった。

　三月三十一日の夜、おれは腰まで伸ばしていた髪の毛をバッサリと切った。感慨のようなものはとりたててなかった。

「良き時代は過ぎて、これからおれはサラリーマンとして一生をすごしていくんだな」

と思っただけだ。

　フーテンをしていた間に、ロックの曲はたくさん書いたけれど、ライブなどの努力

をしなかったせいで、ロッカーにはなれなかった。自分でも、書いた楽曲はもったいないと思うけれど、もうそんなことは言っていられない。明日からは印刷会社の営業マン。

明けて四月一日。

会社に行こうと玄関に立って、はっと気がついた。

靴がない。

スーツやシャツ、ネクタイは揃えていたのだが、靴を買うのを忘れていた。玄関の戸棚をひっくり返して探したら、ロンドンブーツが一足だけ出てきた。ヒールが十センチメートルくらいある。これしか靴がない。あわてて女房にズボンのすそを十センチメートル長くしてもらって、ロンドンブーツをはいて出かけた。

出社して、全員にあいさつをした後、名刺の渡し方から教えてもらった。名刺を相手に差し出して、腰を折って、目は自分の靴の先を見る。そうしてみると、目はロンドンブーツの爪先と出会った。ロンドンブーツの爪先は、ズボンのすそから隠れるように頭を出していた。

その日は初日からいきなり得意先まわり。名刺渡しで一日が暮れた。かなり緊張していたので疲れた。家に帰って酒でも飲もうと思っていたら、「新入社員歓迎会」があるという。

連れていかれたのは、老松《おいまつ》町というところにある高級料理屋であった。ここは、入口の三和土《たたき》のところで靴を脱ぐ造りになっている。

「え?」

おれは焦った。しかし仕方がない。入口のところでロンドンブーツを脱いだ。一緒に靴を脱いでいた経理の女の人が、ぎょっとしてロンドンブーツを見ていた。

その後、料亭の廊下を歩くわけだが、長くしたズボンのすそを踏み踏み歩かねばならなかった。どう見ても〝殿中でござる〟、はかまだれ状態である。

というわけで、おれのサラリーマン生活は恥かきで始まった。そして恥かきで終わることになるが、その話はまた。

F先生のこと

もう三年ほど前のことになるだろうか。僕はフラッと僕の広告のお師匠さんであるF先生のところへ顔を見せに行った。

(僕にも一応お師匠さんはいたのである。前の日航機事故で鬼籍に入られたが、まあ僕に輪をかけたような人であった)

「先生、ごぶさたしてました」

「おう、中島か、何や」

「何やって、先生がこの前、たまには顔でも見せんかバカ、って電話くださったから」

「ふうん、で……何しにきた」

「何しにって、だから……」

「用がないなら帰れ」

「ムチャクチャや、そんなの」

「ムチャクチャといえばこの前な」

「ええ」

「マリコの運転で神戸から大阪へ帰ったんや」

「あいつ、免許取り立てでしょ」

「うん、それで西宮のあたりでな、あいつ信号が目に入らんかったんやろうな。赤のところを渡りよったら、ちょうどそこが派出所の前や」

「ひえーっ」

「すぐに警官に呼び止められてな。ポリボックスに入れられて。マリコがクネクネして色気出して何とか許してもらおうとするわけや」

「はあ」

「そしたら警官がな〝アンタみたいにクネクネして色気で許してもらおうとする人はたくさんいるんだ。ウソだと思ったらここの屋上へ来てみなさい〟って言うんでワシらそのポリボックスの階段登って屋上まで行った。そしたらな、中島」

「はい」

「屋上にズラーッと十人くらいの若い女の子がいて、これがみんな下半身が裸であお向けになって太陽に向かって股を開いてる」

「ちょっと待ってください。何なんですか、それ……」

「俺も不思議に思って、警官に〝この人たちは何をしてるんですか?〟って聞いた」

「ふむ、それで?」

「そしたらポリが〝みんなこれで何とぞ『オメコ干し』を〟……やて」

「……。先生……」

「何だ」

「……帰ります」

「そうか、帰れ」

と、まあこういうお師匠さんであった。

僕が初めてコマーシャルの撮影に立ちあったのもこのお師匠さんに連れられての大船の撮影所であった。

「かつおだし」のCFで、竹下景子に渡辺文雄というキャスティングであった。プランを立てたのが僕だったのでお情けで同席させてもらったのである。

生まれて初めてのスタジオで、しかも竹下景子が目の前にいたりするので僕はスミの方で小さくなっていた。

お師匠さんはと見ると、何かスーツをピシッと着込んだ大柄の紳士と熱心に話し込んでいる。

僕はてっきりスポンサー筋の人にCFの説明をしているのだと思ったが、おそるおそる近づいてみた。

「ほう、戦車ねえ。あれはいいですなあ。私もね、四年ほど前までは庭に一台おいてましてね」

「え？……戦車をですか？　いや、そんなはずはない」

「いや、M何とか型っていうんですか、あれを一台」

「いや、そんなものが民間の方に渡るはずはない」

どうもおかしいと思って後で聞いてみると、その相手の人というのは自衛隊の広報関係の人で、毎年何人かが大手代理店の制作部に研修にきてはP・Rの勉強をしていく、その人を一生懸命におちょくっていたのだった。

F先生は不慮の事故で亡くなられてしまったが、そんな人物だったので僕は弟子時代、広告の「こ」の字も教えてはもらわなかった。教えてもらったのは酒の飲み方と人のオチョクリ方、それに男同士のスジの通し方みたいなものだけである。今思うとそれで十分で、本で覚えられないことの全てを叩き込んでもらった気がする。合掌。

その日の天使

死んでしまったジム・モリスンの、何の詞だったのかは忘れてしまったのだが、そこに
“The day's divinity, the day's angel.”
という言葉が出てくる。
英語に堪能でないので、おぼろげなのだが、僕はこういう風に受けとめている。
「その日の神性、その日の天使」
大笑いされるような誤訳であっても、別にかまいはしない。
一人の人間の一日には、必ず一人、「その日の天使」がついている。
その天使は、日によって様々の容姿をもって現れる。
少女であったり、子供であったり、酔っ払いであったり、警官であったり、
生まれてすぐに死んでしまった犬の子であったり。

心・技・体ともに絶好調のときには、これらの天使は、人には見えないもののようだ。

逆に、絶望的な気分に落ちているときには、この天使が一日に一人だけ、さしつかわされていることに、よく気づく。

こんなことがないだろうか。

暗い気持ちになって、冗談にでも〝今、自殺したら〟などと考えているときに、とんでもない知人から電話がかかってくる、あるいは、ふと開いた画集か何かの一葉の絵によって救われるようなことが。

それは、その日の天使なのである。

夜更けの人気の失せたビル街を、その日、僕はほとんどよろけるように歩いていた。

体調が悪い。重い雲のようにやっかいな仕事が山積している。

家の中もモメている。

それでいて、明日までにテレビのコントを十本書かねばならない。

腐った泥のようになって歩いている、その時に、そいつは聞こえてきたのだ。

「♪おっいもっ、おっいもっ、ふっかふっかおっいもっ、まっつやっのおっいもっ♪

買ってチョウダイ、食べてチョウダイ。

あなたが選んだ、憩いのパートナー、マツヤのイモッ」
道で思わず笑ってしまった僕の、これが昨日の天使である。

わが葬儀

僕は自分が三十五歳で死ぬものと決めてかかっていた。知人にそう言われたのと、易者にそう言われたのがきっかけになっての思いこみだった。永年の睡眠薬中毒とブロン中毒、それに深酒。こうしたご乱行の蓄積があったから、三十五歳で死ぬのは当たり前のように思えた。

当の三十五歳になってみると、きっちりとアルコール性肝炎で倒れた。これで自分は死ぬと覚悟をきめて入院したのだが、人間の体というのはいやしいくらい回復力のあるもので、めきめきと元気になり、五十日間入院してから退院した。このへんのいきさつは『今夜、すべてのバーで』(講談社文庫)にほぼノンフィクションで書いてある。

今、四十四歳で、あれから約十年がたったわけだ。その十年間にいろいろと病気をしたが、今はかなり元気で暮らしている。

さて、ではいつ死ぬのか、再予測になるわけだが、どうも五十五、六歳くらいが怪しいのではないか、と思う。先に述べたように、二十代三十代でムチャをしているので、そのツケがどこかに出て、そう長生きはしないように思うのだ。

五十六歳のある日。朝からどうも頭が激しく痛む。ラジオの出演があるので、ムリをして放送局へ。ラジオが終わった後、トイレにたつ。大きい方をすませた後、手を洗っていると、急にクラクラッとなって床に倒れてしまう。脳こうそくである。救急車の車中でそのままあの世へ。

ま、そんなことではないかと思うのだ。

もし、この五十六歳を乗り越えたら自分は長生きするだろう。いつも杖を手に町内をうろつき、子供を見たら杖をふりかざして、わーっと追いかける。そういう嫌われもののじじいになるだろう。

そして、八十六歳でノドのガンで死ぬ。

晩年は、もう書きものなんかしない。毎日二合くらいの昼酒を飲んで、いい気持ちになったところで町内の見まわりに。

話は変わるが、この前、モンゴルの遊牧民に関する本をたくさん読んだ。遊牧民たちの羊のほふり方には独特のノウハウがある。ノドのあたりを小さく切開して、そこから手を突っ込んで首の動脈をひきちぎってしまうのである。こうすれば羊は苦しまずにすむ。

殺したあとの羊は頭から足首まで、徹底的に利用する。血まで無駄にせずに使ってしまう。

僕の死体も、できればそういう風に使ってほしいものだ。目玉、内臓、せきずい、使えるところはみんな他の人のために使ってほしい。残った部分はミンチにして海に投げ込み、魚のエサにしてほしい。

お墓はいらない。金がムダである。

僕という存在の喪失が、しばらくの間人々の間に影を落とし、やがてその影が薄れていって、僕はほんとうの「無」になる。そういうのがいい。

楽園はどこにあるのか❶

　僕は尼崎市で生まれて二十六歳までこの街で暮らした。かつては「公害日本一」というありがたくない日本一の名をいただいた街で、名物といえばスモッグくらいしか思い浮かばない所である。大阪の衛星都市で、大小の鉄工所が集まってひとつの都市を成している感じがある。ここから神戸市の学校へ通って、十代の大半を神戸で遊んで過ごした。社会に出てからはずっと大阪で仕事をしている。大阪をたまに離れても行く先は東京だ。つまり僕は街しか知らない人間で、田舎で暮らしたことがない。街で暮らすことは一種のマゾヒズムである。刺激が多いというのはつまりそれだけ危険や苦痛も多いわけで、いわばナイフの切っ先の上に爪先でかろうじて立っているような生活である。そうした毎日に耐え得てなおかつその「やばさ」を好むようになるた

めには、人はマゾヒストになるしかない。

こうしたもろもろのことのリアクションで田舎の生活に憧れる都会人は多い。僕自身はいまのところ田舎への希求は感じないが、それは自分にまだ体力があるからなのかもしれない。ナイフの先にずっとつっ立っているためにはかなりの体力がいる。六十や七十になってそれが自分に可能かどうかは、その年齢になってみないとわからない。

ただし、田舎で暮らすにしても、街でのそれとは別種の体力がいるに違いない。その能力が自分にあるかどうかははなはだ疑わしい。たぶん「無い」と思う。

一昨年の今頃、僕は実験的に自分を田舎に封じ込めてみようか、と考えていた。それもどうせなら外国で近代化のまだあまり進んでいないところがいい。そういう所はたぶん物価もケタちがいに安いだろうから、半年くらい働かずに過ごせれば、とズボラなことを考えていた。しかし、物価が安いのはいいが、政情不安定でいつクーデターが起こって殺されるかわからないような国では困る。

極端に暑いとか寒いとかいうのも困るし、風土病が蔓延していたりするのもかなわない。麻薬の類が許されているならそれはおおいに結構だが、酒が禁止されているのはたいへんに困る。メシがまずいのもかなわん。と、言いたい放題のことを言っていたら、はたと考え込んでしまった。この地上にそんな虫のいい国があるとは思えない。

そんなこの世の楽園みたいな所があるならば、今までに我々の耳にはいっていないわけがない。

知人と酒を飲みながら、そんな夢みたいな話をしていたら、その知人が〝いや、この世には楽園がある〟のだと言う。たった一つだけ残された楽園がたしかに存在する、と言い張るのだ。

「へえ。どこなんですか、それは」

「それは……ブータンです」

「ブータン？」

聞けば、その知人の友だちが先日ブータンから帰ってきた。その人は、今までに世界中のほとんどすべての国を回っている人なのだが、その彼が、〝ブータンはたしかにこの世の楽園だ〟と断言した、と言うのだ。話を聞いて知人も納得したのだそうだ。

「そんなにいいところなんですか。でも、ブータンというのはヒマラヤとかあのあたりでしょう？　寒いんじゃないのかな」

「いや。ブータンの気候はですね、ちょうど軽井沢の初夏くらいのさわやかさで、それが一年中ずっと続くんです」

「へえ」

「ブータンの人たちはですね、朝起きて山の畑へ行って仕事をする。で、だいたい昼過ぎになると帰り支度をして……」

「え？　帰っちゃうんですか。そんな少ししか仕事をしなくて、帰って何をするんですか」

「そりゃあ、酒でも飲むんじゃないですかね」

「そんなことでやっていけるんですか」

「ブータンはですね、基本的には農業国ですが、国の財源としては切手の販売が大きいんです」

「なるほど。メシとかはどうなんでしょう」

「うまいそうです」

「人間は」

「仏教国です。善男善女ばかりです」

「いい女もいますか？」

「アジアとインドの中間の人は嘘みたいな美人ばっかりです」

「ハッシシなんか吸えるのかしら」

「市場で売ってんじゃないですか」

「よしっ、決めた。僕はブータンに住みます」

このことをある媒体に書いたら、日ブ（日本とブータンの略である）の親善なんとか団体の人からたいへんなお叱りを受けた。ブータンはそんな国ではない、いい加減なことを言うな、というお叱りである。叱られている最中にブータン自体が観光客に対して硬化してしまった。ヒマラヤや仏院の門を閉ざしてしまったのである。観光客に対しては好意的な国だったのだが、観光客は礼をわきまえず傍若無人のふるまいを続けたので、ついに国が堪忍袋の緒を切ってしまったのだ。かくて楽園の門は閉ざされ、僕は瘴気ただよう街にいる。それが一番お似合いではある。街の瘴気というのは我々一人一人が発しているものだからである。

楽園はどこにあるのか❷

フランスの作家ル・クレジオに『愛する大地』という作品がある。僕は一時この作家が好きで高校生の頃によく読んだ。『愛する大地』は一種の放浪譚で、主人公は最後に「この世の楽園」らしきインディオの村にたどり着く。この村は物質的に満たされているわけではなく、人々は精神的解脱の中でいわば「魂の楽園」を営んでいるのである。主人公はその村に着いて自分が永く求めていた法悦を覚えるのだが、そのうちに村人の中に盲人が異常に多いことに気づく。調べてみると、その原因はこの地の風土病にあることがわかった。人々が眠っている間に、ある種の「蠅」が目の中に卵を産みつけるのだ。人々は生まれ落ちたときから死ぬまでこの蠅を追い払い続ける運命にあるわけで、それを少しでも怠った人たちには失明が待っているのだ。話はそこでプツンと終わる。

この小説が暗示しているように、地上の楽園の幻想は人間の想像力の中においてさえ完遂されることはない。人々はいつの時代においてもそれが非在の王国であることを先験的に知っていたはずだ。それはたとえば馬の鼻先にぶらさげられたニンジンのように、追えば追ったぶんだけ遠のいていく「逃げ水」のような街なみである。それでも人々は帆をかかげて出発する。なぜなら出発する人間には出発する動機があるからだ。それは、

「少なくともここは楽園ではない」

という確信である。楽園は、もしあるとすれば「ここではないどこか」にあるはずだ。彼らは出発せねばならない。しかし本能のどこかで彼らは自分たちの求める楽園が非在の王国であることを予見している。それでも彼らは出発する。それはひとつの絶望からもうひとつ別の絶望への旅路である。それは「死」へ向かって突進していくことに等しいが、もし「生」というものがあるならば、その生は行く手の無数の死の合間にしか存在し得ないのだ。

こうした絶望的な楽園探索行が結果的にもたらしたものが、西洋にとってのアジアであり、「黄金の国」日本であり、やがて囚人を送り込むことになる広大なオーストラリアであり、アメリカ大陸である。いわば今の世界地図というものは、「どこにもなかった楽園」の軌跡なのだ。一種の「不在証明」の集大成が世界地図を構成しているのである。

ところで、楽園というものの在り方には四つの可能性がある。ひとつはいま述べて

いるところの「空間軸」の中に存在する楽園である。同時代の、しかし「ここではないどこか」に存在するはずの地上の楽園。そして二つ目には「時間軸上のどこか」に存在する楽園がある。民族の起源神話や各宗教のそれに見られるように、太古には神々と共棲できた無垢な人間たちの楽園が存在した。この場合、楽園は時間軸をその始まりまでさかのぼったところに存在する。また、逆に遠い未来において顕現されるであろう「来るべきユートピア」も考えられる。ただしこの手のオプティミズムはどうも分が悪いようで、未来に関しては悲観主義が大勢を占めている。「黙示録」を筆頭として、人間はどんどん堕落し、痴呆化していく存在だ、という見方には根強いものがある。太古のビッグバン以来、宇宙がどんどん拡散し、冷えていくのと歩調を合わせるかのように、楽園もまた時の流れに比例して空漠化していくのだ。

いずれにしても、ここには「今ではないいつか」に楽園を求める考え方がある。

三つ目は我々が属するところの時空とは異なる次元の中にこそ楽園がある、という考え方だ。もちろん楽園の対極には地獄というものも想定されるわけだが、宗教においては生と死がその境界線であるように、「この世ではないどこか」、次元のむこう側に楽園が存在するのである。

四つ目の考え方は今までの三つとは一八〇度趣を異にしている。つまり、「楽園は存在する。いま、ここがすなわち楽園なのだ。我々に必要なのは、それに気づくことだけである」

という考え方だ。これは非常に面白い見方なので次回、項を新たにして取りあげることにする。

今回述べている地上の楽園、空間軸上の楽園に関しては、非在の証明である世界地図をもって終わりとなるわけではもちろんない。「地球空洞説」などはその端的なあらわれだろうが、楽園を追う我々の視線はいまや地球の内部へ求心的に向くのではなく天空、つまり宇宙へ向かって放たれている。地球の地図はいわば宇宙地図をつくるためのテストケースだったわけで、その意味では我々は楽園探索行の端緒にさえ立ったとは言えないのだ。楽園の不在証明はこれから宇宙の空間を少しずつ塗りつぶしていくことになる。そして宇宙の無限の広がりの中にあっては、この地図は完成することは決してあり得ない。非在の証明も不可能なら、存在を立証することも不可能なのだ。その意味では地上の楽園（地上ではもはやないわけだが）は「在る」と言ってもいいし、「無い」と言ってもいい。楽園が存在する無限の彼方では「有」と「無」は結局同じ意味をさすことになるだろうからである。

楽園はどこにあるのか❸

零細企業の社長が自分の会社をつぶしてしまう。残していくのも不びんなので一人娘を道連れにして自殺をしようとする。

「よし子。今からな、お父ちゃんといっしょにええとこ行こうな」

「〝ええとこ〟てどんなとこ？」

「え!? そ……それはやな。駅降りたらな、パチンコ屋がズラーッと並んでてやな。どの店はいってもチューリップが全部開いてて、天のクギがめちゃくちゃ甘いんや」

「うち、そんなとこ行きとうない」

「いや、そのパチンコの並んでるとこ抜けたらやな、ズラーッとホルモン焼きの店が並んでるんや。どの店はいってもな、骨つきカルビとか特上ロースとか、食べたら食

べたぶんだけ店の側がこっちにお金をくれるんや。どうや、ええとこやろ？」

「ウチ、そんなんいやや。クレープが食べたい」

「あほか。天国にクレープなんかあるかいな」

「お父ちゃん、そんな貧困な発想してるから会社つぶすんや」

「なにおっ⁉」

と、時ならぬ親子ゲンカが始まる。これはラジオ用に僕が書いたコントで、『中島らものぷるぷる・ぴぃぷる』（白水社刊〜集英社文庫）の中に収めたもののひとつだ（宣伝・この本にはコントのほかに、芝居の脚本を小説に書き直したものと落語が二本収めてある。買って損はない本なのである）。

楽園は外在しない。ある日誰かがそれを発見し、その発見者の認識能力の範囲で理解される、といったものではない。楽園は内在性のもので、我々はそれを想起するしかないのだ。個々の想像力の及ぶ範囲がすなわち楽園の国境線なのである。このコントの社長の場合、パチンコ屋とホルモン屋が途切れたところがすなわち楽園の辺境であって、そのむこうには深々と横たわる「闇」がある。

ところでここに、『人間の想起可能なものはつまり実現の可能なものである』という説がある。一定の条件さえ揃えばであるが、我々に考えることができるものはすでにこの宇宙のどこかに存在するか、これから存在し得るものだというのだ。もちろん山のような失敗例がその副産物ではあるが。失敗例というのは、たいていが権力者の自己過信と錯覚がひきおこす「蛮行」と「愚行」のことである。楽園を自己の力でこの世に顕現させようという行為などは、その典型的なものだろう。たとえば金閣寺。たとえばボマルツォの庭園。たとえばタイガーバーム・ガーデン。たとえばディズニーランド。宗教によって、経済によって、武力によって力を得た、ありとあらゆる権力は、彼が権力を得るにあたって大きな支えとなったところの子供っぽい夢想力を持っている。この「夢見る力」をふるって彼らはこの世に楽園を顕現させようとする。ただ単に自分のファンタジーをなぞったような幼稚な楽園もあれば、もう少し知能犯的な楽園もある。その楽園はつまり神をおびき寄せるための「疑似餌」である。あまりにも本物らしく造られたこの偽の楽園に「錯覚を起こした神」が降りてくる。この罠にはまった神を捕獲するつもりなのか、だまし続けて住まわせるつもりなのかは、その権力者の錯乱の度合いによって変わってくるだろう。たとえ純金で寺を造ろうと水晶で蓮のうてなを造ろうと、それ自体は冷たいイミテーションでありミニチュアである。しかしそこに神が降りればその瞬間からそこは地上の楽園に昇華するはずなのだ。永劫の時間、それを待ち続ける者もいたろうし、そうでない者は怒って取り壊したかもしれない。祈りを捧げる者もいれば快楽の儀式をそこで行う者もいただろう。いずれにしてもそれ自体が罠になっている箱庭式の楽園を、自分の領地であるこの現世に造営するわけである。

先回に述べた第四の楽園認識、「いつか、どこかに」ではなく、「いま、ここに」楽園を見出すというのはおおむねこういうことをさしている（これとはほぼ逆の考え方で「いまここに」楽園を見る方法もあるのだが、これについては次回のお楽しみに取っておく）。

さて、「罠としての楽園」の考え方も、タクティクスの巧妙さを透かして見てしまえば、その本質自体は子供っぽい発想である。雀取りの仕掛けからそのまま思いついたような無邪気さがそこにはある。これらイミテーションの楽園の延長線の上には、たとえばクフ王のピラミッドであるとか即身成仏のミイラのようなものがある。中をとりもつのはさて、奈良の大仏さんあたりなのだろうか。

双眼鏡を一転して未来へ向けて見ると、そこにも人工楽園の影はある。ただ、おそらくそれは入場チケットを買って二時間ほど憂き世忘れの楽園めぐり、といった三次元展開のものではないだろう。人工楽園はコンピューターの中の広大な時空か、もしくは脳の中に直接に築かれるだろう。たとえば「脳内麻薬物質」、エンドルフィンとかそういったものだが、我々の意識に特定の快楽をもたらす脳内物質は現段階でも何十種類かが発見されている。こうしたものの発見、抽出、分析が進んでいくと、この世の楽園はそれら物質のブレンド具合によってサジ加減ひとつで無数にもたらされるだろう。「本物より本物らしい」それら人工楽園は、注射器の管を通って我々の脳の中に像を結ぶのだ。天使の羽音とともに。

楽園はどこにあるのか❹

これはかつて小松左京氏の講演で聞いた話である。その講演を筆耕する仕事を僕は担当していたので、ステージのすそで聞いていたのだが、小松左京さんの演題は『医療の過去・現在・未来』というものだった。その中にマヤ民族の「現世―楽園置換装置」ともいうべき奇怪なドームの話が出てきたので、僕の耳はぴくぴく動いたのである。それから七、八年たって小松左京さんに一杯飲ませていただく機会があって、僕はもう一度マヤ民族のこの話を確認した。小松左京さんはブランデーをゆるゆると啜りながら、

「そうや、あれはおもろいんや。宗教とハルシネーションドラッグの系譜というのはあるんやが、逆の考え方をしとるわけで、最初は発見した人間も何でこういうもんが

あるのかようわからんかった」

小松左京さんと僕との話もホテルのバーでの酒の肴みたいなことなので、テープも文章も、形のあるものは残っていない。しかし、僕の記憶をたよりにスケッチすれば、そのマヤの「現世—楽園置換装置」というのは、前頁のイラストのような、かなり大きなドームの形をしている。窓はなくて、かわりに小さな穴がいくつかあいている。内部はガランとした空洞で、その壁面には何やらおどろおどろした怪物のようなものの壁画が描かれてあった、と考えられる。この遺跡からは多量の炭化した「トウガラシ」が発見された。さて、このドームはいったい何に使われていたのでしょう、というのが発見者に与えられた設問なわけだが、すんなり考えて出てくる答えは、「燻製小屋」といったところだろうか。ピメントのフレーバーが当時の人は大好きで……。それにしては大き過ぎるし、内部に恐ろしい絵を描く必要はない。肉を脅かしても仕方がない。つまりこのドームの中にはいったのは生きた人間だったと考えられる。そしてこの構造や遺留物のもろもろのことから導き出される答えが、「現世—楽園置換装置」なのだ。

神官たちは支配下の善男善女たちをこのドームに入れ、外から封じ込めた。そして横にあいた穴から、大量のトウガラシをいぶした煙をドーム内にあおぎ入れたのだろう。当然中にいる人間は目やのどに痛みを覚え、咳込む。しかも内部はだんだんと暑く、酸欠状態になってくるはずだ。ドームの中はこの世の地獄である。もうろうとした意識の中で、壁に描かれた怪物たちが動き出す。人々は恐怖と苦痛で、発狂と死の直前まで追い込まれる。そのときドームの戸が開かれる。冷たくて香りのよい空気がなだれ込んでくる。人々は外に出る。空は青く、鳥は歌い、樹木は風に揺れている。そして何よりそこには甘やかな生が満ちあふれているのである。人々は自分が立っている「いま」「ここ」がすなわち楽園にほかならないことを、自分の全存在をもって確信するのだ。

そんなむちゃくちゃな話はない、と思われるかもしれないが、時は古代である。世界は今の何十倍もの痛苦に満ちあふれていたのだ。ただ、虫けらのような人間たちも、この世には自分から「奪われている」悦楽があることを知っていた。うまい食い物や酒や美女や暖かい衣服、それらは神から選ばれた特殊な人間である「王」や「神官」たちが享受していた。この貧富の落差が厳としてあることは、支配者たちを満足させると同時に不安にもさせていただろう。運命に甘んじることをしない一人の若者が剣を取って立てば、それはけっこう脅威になり得るだろう。だからといって全員で分けるには富と幸福の絶対量は少な過ぎるのだ。ここはひとつ虫けら連中に「それなりの」幸福感、ポジティブな世界認識を与えねばならない。たとえば無限に天から与えられているこの空気。それをありがたいと感じさせねばならない。生きていることそれ自体を「拾いもの」の幸福だと思わせねばならない。楽園は支配者の王宮の中にあるのではなく、あまねくいまここにあり、すべての人間にわかち与えられているのだと錯覚させねばならない。

こうした必要が形を取ったときにこの「現世—楽園置換装置」が誕生したのではないだろうか。

時がうつり、富の絶対量が増えていくにしたがって、こうした装置の意味は稀薄になっていく。それは薄められ、分散し、お金で買えるさまざまな有形無形のものに姿を変えていく。たとえば「マイホーム」がそうだろう。「男はいったん敷居をまたぐと外には七人の敵がいる」わけで、そういうリスキーな外界から逃げもどる楽園が「マイホーム」である。そして、そのマイホームにクーラーを備えつけるかどうかも、重大な問題なのだ。暑い外と家の中が同じ温度であってはそれは「より良い楽園」とはいえないからである。このように現在にあっては楽園はいきなり発見したり辿り着いたりするものではなく、徐々に買いそろえていくものなのだ。そんなややこしいのはいやだ、と貴方が言うなら、よろしい、金ヅチをひとつ買ってきなさい。それで自分の頭をずっとゴンゴン殴り続けるといい。殴るのを止めたときに痛くなくて気持ちがいいから。金ヅチはマヤ風「現世—楽園置換装置」の衣鉢を継ぐ、今や数少ない道具のひとつなのだ。

第二章　酒の正体——酒・煙草・ドラッグ

ひかり号で飲む

断酒をしてほぼ一年になる。

廃人寸前のところまでいったので、自分でこれはやばい、と思って、生きる方向を選んだ。精神科へ七十日ほど入院もした。禁断症状も出て、幻覚も見たらしい。頭の鉢が割れて、そこからうどんがにゅるにゅる這《は》い出し、その前でおいらんが三味線をひいているという、かなり派手な幻覚だったようだ。自身では覚えていない。

断酒に至るにはいくつかの理由があった。

ひとつには、うちの事務所の若い男の子が、

〝らもさんが廃人になってしまう〟

と泣いた、というのを聞いたこと。これは胸にぐさりときた。それくらいならいっそのこと止《や》めようと思った。

他のひとつには、脳の萎縮の前兆が見られたこと。側脳室という部分が膨らみかけているような様子がある。これが膨らむと、周りの脳細胞を圧迫して壊死《えし》させる。そ

ういう前兆が見られたのである。

断酒を続けるにはいくつかのコツがある。

ひとつには、今、この原稿を書いているように、周りにわあわあ宣伝してしまうことだ。自分で自分を断酒に追い込んでしまうわけである。

断酒をしていると、飲みたくなる瞬間というのがときどきやってくる。そのときには、こう考える。

「よし、飲もう。ただし、今日じゃなくて明日飲もう」

こうやって日々をつむいでいくわけだ。これは、ヘロイン中毒の治し方のメソッドである。

第三におれは通常の薬の中にシアナマイドという嫌酒剤を混ぜてもらっている。これはビール一杯でも飲むと大の男が七転八倒するという、アルコールに反応する薬である。これを常時飲んでいるから、ふとした気の迷いで酒を口にするということができないのだ。

以上、三つのからくりがあっておれの断酒は続いている。

この前、なだいなだ著の『アルコール中毒』（紀伊國屋書店刊）という本を読んだ。とても面白かった。面白いというよりは身につまされた、といったほうがよい。七、八年前に『今夜、すべてのバーで』というアル中小説を書いて、そのときにもかなりたくさんのアルコール中毒の専門書を読んだ。だが、この本ほど平明で、説得力のあるものは無かった。

たとえば著者はアル中の予備軍のことをこういう風にたとえる。

「本人はひかり号に乗っている。今、横浜だとか、今名古屋だとか外を眺めて言っている。しかし本人は自分がひかり号の中に幽閉されていて、自由の身ではないことに全く気づいていない。おれはまだアル中じゃないといって酒を今夜も飲むのはそういうことだ」

まさにそういうことなのである。そして今夜も櫛比《しっぴ》する飲み屋街には、ひかり号に乗った人々がたむろしている。その中にはウーロン茶を飲んでいるおれの姿も混じっている。

酒の正体

酒には人格がない。

人によってはアルコールのことを性悪女のように言う者もおり、無二の親友のように言う者もいるけれど、もちろんのことに酒そのものには人格はない。それらはすべて自分の中に棲みついている性悪女であり親友であり、酒というものはそれら自分の中の他者と対話するための「言葉」のようなものだろう。

しかし、あえて酒を人間にたとえて話を進めるならば、僕はかつて酒と同棲していた。四六時中起居をともにして、そいつを養うために働いていたようなものである。あまりにもそいつとむつみ合いすぎたために、三年前に体を壊した。アルコール性肝炎で五十日の入院となった。退院してからはそれを機に、酒とは「別居生活」になった。ときどきは夜陰に乗じて忍んで行くけれど、居続けすることはない。そういうスタンスをとっていると、よくしたもので、酒のいいところも悪いところもよく見えてくる。

飲み始めたのは十七、八の頃からだろうか。誰もがそうだと思うが、早く大人になりたくて、酒や煙草という「型」からまずはいったのである。

酒や煙草というものが、口唇性欲から離脱できない小児的大人の自慰行為にほかならないこと、つまりそれは「子供のすること」だというのに気づいたときにはもう遅かった。すっかり酒の味を覚えてしまっていたのである。ただしその味を「うまい」と思うことはあまりなかった。安酒ばかり飲んでいたせいもあるがそればかりではない。僕にとって酒というものは飲食物ではなくて、したがって味をどうこういう性質のものではなかったからである。

「酒を飲む」ということは、たとえば「本を読む」とか「踊りを踊る」とか「祈る」とかの行為と同様で、すこぶるメンタルな行為である。酔いを求めるということの基本において、ヘロインをうったり大麻を吸ったりすることとなんら変わりはない。酒に対して美学やダンディズムを唱える人はこういうことを聞くと眉をひそめられるだろうが、これは断じてそうなのである。酒に対する過剰な賛美もうんちくもストイシズムも「酒飲み道」も、すべてこれ求快の卑しさを糊塗《こと》するためのミスティフィカシオンにすぎない。

酒を飲むという行為がメンタルなものである以上、十代二十代の僕がそこから引き出すメンタリティーはあまり心地のよいものではなかった。若かった僕はいつでも、怒り、哀しみ、憎しみ、劣等感を胸に抱いていたからである。したがって、酒は「うまい」ものではなくて、それらの苦い感情を引きずり出したうえで麻痺させてしまうためのドラッグの一種であった。したがっていつも安くて味のない酒を、確実に酔いつぶれるまでしこたま鯨飲した。

学生の頃はもっぱら「トリス」のジャンボサイズを酒屋で買って、アパートで飲んでいた。例の「トリキン」というたのもしいボトルである。たいていは一人で、むずかしい哲学書や文芸書を読みながら飲んだ。素面で読んでもむずかしいフーコーだのドゥルーズだのバタイユだのブルトンだのを、ウィスキーをゴボゴボ飲みながら読むのだから、わかるわけがない。いつも夜半を過ぎると漢字が踊りだし、天井がまわりだし、目が覚めると本を枕にして眠っているのだった。

こういう状態だったので、二十代の前半に何千冊という本を読んだはずなのに、何ひとつ内容については覚えていない。著者に対する漠然とした印象のようなものが残っているだけである。それでもその当時にはすべて「わかった」ように感じていたのだから、酒と若さというのは恐ろしい。両者が結託して世の中のバカを生み育てていくのである。

その頃のトリキンがいくらだったかは忘れたが、たしかトリスの普通のボトルが三百四十円ではなかったか。あまりにいつもいつもトリスを買いにいくので、ある日、酒屋のご主人がビニール袋の中にグラスのおまけをふたつ入れてくれた。

「兄ちゃん。これはな、オールドにしかつけへんグラスやけどな。おまけにあげるわ」

と声をひそめて渡してくれた。それに対して僕はムッとした。貧乏人だと憐れまれたのがくやしかったのである。自尊心を傷つけられたのである。自分が何者でもない、ただ若いだけの貧乏人であることで異常にトゲトゲしていたのだろう。酒屋の主人に対してではなく、僕は自分に対して怒っていたのかもしれない。「若さ」が他人の気持ちをわからなくさせる、そういうこともあるのだ。自分で自分の目をふさいでいるようなものである。

学校を出て会社勤めを始めたが、ここでも僕の鬱屈はそのままだった。その会社は、社長が大酒飲みで、『日経新聞』にのった会社紹介で社長自らが、

「俺は酒を飲むためにこの会社をつくった」

と豪語しているほどだった。当然、夕方に会社がひけてもそのままでは終わらない。ほとんど毎日、社員の誰かが社長のお供をすることになる。その会社で一番飲めるのは僕だったので、新入社員ながらよくお供に指名された。おそらく、週に三回は「社内接待」の席にいたのではないだろうか。

行く経路はほぼ決まっていて、まずキタの老松《おいまつ》町というところにある割烹で始まる。懐石料理のフルコースを肴にして五、六合は飲む。それから北新地のクラブへ繰り出して、明け方の三時四時まではしごをし、足腰ろれつの怪しくなった社長を家まで送り届ける。タクシーで家に帰れば夜は白々と明けている。二、三時間眠って、翌朝はまた九時に出社するのである。

この時期、僕はそれまでのトリキン生活とは一八〇度転じて、実に高価な料理を口にし、高い酒を飲んだことになる。若輩には分の過ぎたぜいたく三昧なのだが、それでも酒はうまくなかった。むしろトリキン生活の酒よりまずかったといえる。つまり、そこにおいては酒が引き出すメンタリティーの質がどうこうというのではなくて、メンタリティーそのものが「無かった」のである。

社長を前にして、盃が乾かぬようにお酌をし、説教を聞き、ごきげんを取り結んで夜を過ごすのだ。どんなに目配りの届いたしゃれた料理が運ばれてもそれは紙を喰っているような味である。新潟の銘酒だのレミー・マルタンだのが喉を通っても、殺して飲んでいるのではいるところがちがう。

そんなわけだから、お供が早く終わったときにはその辺の屋台に飛び込んで「自分の酒」を飲み直す、ということがよくあった。お供のない日にはもちろんのこと、町の酒屋で立ち飲みをする。そしてそのほうがはるかに酒らしい味がした。おそらく酒を「うまい」と思い始めたのはその頃からではないだろうか。

それは物理的な酒の味ではもちろんなくて、高い酒、安い酒といった問題でもない。ポケットの小銭を指先で数えながら飲むコップ酒が、一杯、二杯。胃の芯のあたりがポッと熱くなってくるあたりで、

「うまいなあ」

という、ふるえるような感じが湧き起こってくる。

酒の味がわかりだしたのはいいが、思えばこの頃から本物のアル中になりつつあったのだろう。喜びも怒りも哀しみも恥じらいも、それまで酒によって引き出されていたものが、「酒がなくては」作動しなくなっていった。いわば酒が人格の一部をになって肩がわりをし始めたわけである。

そんなことで、その後の十年間、僕はただひたすらに飲み続けた。一日八時間働いて、その鬱屈をいやすために九時間飲んでいるような日々が続いた。酒によって、友人を得ることもあったし、友人が酒によって離れていくこともあった。

しかし、どちらかといえば、僕は一人で飲むことのほうが好きなタイプの飲み手だった。ダンディズムのために、高いショットバーに行って独り酒をやる人もいるが、僕はそういうところには見向きもせずに、ひたすら安い店を探して量を飲んだ。スナックにボトルを置くというようなこともほとんどしなかった。にやけたバーテンから、

「いつもの？」

などと言われることを想像するとゾッとした。

一日を仮面で過ごした会社勤めのあとでは、「バーで自分の人格を出す」ということさえおっくうだったのである。家で飲むときにはさすがにトリスは卒業したけれど、生協でつくっているノーブランドのウィスキーや日本酒を好んで飲んだ。そのほうが味わいがなくて、たくさんの量を飽きずに飲めたからである。

自分の中でアルコール依存症が完全に顕在化したのは、サラリーマンを辞めて自分の事務所を持ってからだった。それまでは上司の目やタイムカードや得意先との交渉などが、自分の中で見えざる掟となって歯止めになり、また力にもなっていたのだ。そういったいましめが解けてしまうと、僕にとってたのむところのものはアルコールと睡眠薬だけになってしまったのである。独立するとすぐに昼間から飲むようになり、半年たってからの連続飲酒十日間がとどめをさした。黄疸症状を起こし、立てなくなって入院したのである。

今は三カ月に一回、各種の検査をしながら数字を横目に飲んでいる。昔にくらべると、「飲んでいる」ともおこがましくて言えないくらいの頻度と量で、「おつきあい程度」というのはこういうのをさすのだろう。

飲む機会が少ないので、その時間を大切にするようになった。いいことのあった日に、一番好きな人と一緒に飲む。それ以外はお断りする。そうして少しだけ心ほころびるように飲む酒は、とても「うまい」。甘露の味がする。今だから自信を持って言えるが、酒というのは決して「性悪女」ではない。断じてそうではない。

踊り場の酒盛り（上）

野坂昭如さんの『赫奕《かくやく》たる逆光』を読んでいるうちに、三島自決の日の記憶が昨日のように浮かんできた。昭和四十五年といえば僕は高校生で、学校は紛争のまっただ中にあり、一種アナーキーな状態になっていた。たしかその前年が東大の入試が中止された年ではなかったかと思う。僕の行っていた学校でも期末テストや中間テストが何度か中止になったかボイコットしたかのようなおぼえがある。

僕も学校に行くことは行くのだが、それは友だちと会ってそこから三宮にくり出すためで、授業にはほとんど出なかった。

その日も校舎の裏で何人かの生徒が授業をサボってたき火をしていた。「校庭の石垣爆破事件」があった後なので、学校側は火に対してピリピリしているのだが、それを知っているものだからわざとたき火をしていたようなフシもある。

たき火をつっついているうちに、イモを焼こうや、ということになり、だれが買いに行くかでモメているところへ友人の一人が走り寄ってきた。息をきらせて、

「三島が、自衛隊に乱入して割腹自殺した!」

それを聞いた僕らはとりあえず大笑いした。冗談にしてもたいへんによくできた話だと思ったのだ。それが、話を聞いているうちにどうやらほんとうらしいということがわかってくる。何か悪い夢でも見ているような感じで、何かしなければいけない気はするのだが、かといって何をどうできるわけでもない。

「とりあえず酒でも飲もう」

ということになって、一人がジンを一本調達して来、人のほとんど来ない校舎の階段の踊り場で酒盛りを始めた。

「楯《たて》の会」の結成のあたりから三島の言動が変だというのは全員が感じていた。しかし、それは言わば一種の儀式性に支えられたジョークで演劇的なパフォーマンスの領域を出ないものだと僕は信じていたのだった。おそらく日本中のほとんどの人がそう感じていて、それゆえに「現実の死」が象徴の皮膜を突き破って突きつけられてきたときに我を失って呆然としたのだろう。

車座になっての酒盛りは最初ぼそぼそと始まったが、そのうちにいつものようにどんちゃん騒ぎになった。考えれば考えるほどわけがわからなくなって、しまいにどうでもよくなったのである。この日は騒ぎ過ぎたために教師に発見され、酒ビンを抱えて学校中を逃げまわるはめになった。

踊り場の酒盛り（下）

酒盛りの現場をおさえられて学校中を逃げまわるはめになったわけだが、逃げる生徒は総勢七、八人。追う教師は一人である。全員をつかまえるのはとうてい無理なので教師のねらいは当然酒のボトルを持っている一人にしぼられる。我々、学校の授業というのはほとんど役に立ったためしがないが、このときばかりは体育のラグビーが役立った。追いつかれそうになると酒ビンを後ろへ後ろへとパスしていくわけだ。先生がウロウロしている間に結局全員が逃げきって、ボトルも無事だったのはなかなかみごとだった。

ただ、逃げきったからといって別におとがめがないわけではもちろんない。我々の間では停学、謹慎などの処分は珍しいことではなくて、親の呼び出しなどはもう日常茶飯の感があった。学外で補導にひっかかる者もたくさんいた。

学内での摘発に一役買っていたのは図書館の管理をしていたIという先生で、この人は生活指導というよりは「小心者の岡っ引き」という風情の人であった。

当時の僕たちは新聞部の部屋をたまり場にしていて、ここで酒タバコなどの幼稚な大人ごっこを楽しんでいた。その部屋の窓のところにときどき黒い影がはりつくことがある。I先生が外から壁にはりついて、三ミリほどの窓のすきまから中の様子をうかがっているのである。それに気づくと僕たちは小声で、

「おい、Iがまた〝間諜《かんちょう》〟にきてるで」

と知らせ合う。タバコをもみ消すと、

「え、じゃ、今日の勉強会は〝ヤモリの生態について〟やってみる。ヤモリが壁にはりつくのは吸盤の力で……」

などと聞こえよがしのディスカッションを始めるのだった。

僕らの間ではこのI先生は間諜術の下手さ以外に、「ケチ」であることでも知られていた。I先生が弁当を使うところは何人もの生徒が見ているのだが、その弁当に関する証言はデテイルまでがピタリと一致していた。アルマイトの弁当箱にピッシリとご飯。そしてその長辺にそって二ミリ幅ほどの黒いふちどり。塩こぶである。それだけだった。

夏休みのある日、僕が昼間にたまたまテレビをつけると、このI先生の顔が画面に大映しになっていたので驚いた。先生は横山ノック司会の昼番組の「ケチ人間VSゼイ

タク人間」という特集に出ていたのである。出演料と局の弁当が目当てだったにちがいない。

二日酔いと皿うどん

僕が酒というものと本格的に対峙したのは、高校の修学旅行で、たしか九州は島原の旅館だった。前述したように、持ち重りのする自分の「童貞」に業を煮やしていた僕は、友人と二人、決死の覚悟で島原の盛り場へエッチを求めてくり出したのだった。だが丸坊主少年の闖入《ちんにゅう》に大喜びのピンクキャバレーのお姉さんたちに、頭をクリクリしてもらっただけのことで、しょんぼりして旅館へ帰るというていたらくだった。

こうなったら、よし、酒でも飲むしかない、ということになった。酒なんかいっつも飲んでらあ、みたいなふりでめちゃくちゃに背伸びをした少年が四、五人集まって、一升びんを二本ほど買い込んできた。車座になって、これもまだサマになってない煙草をふかしながら、大人のまねをする。

「ま、ま、ま。ぐーっといこう、ぐーっと」

「うーん。この最初の一杯がええんやな。きゅうっと沁みるわ」

やりとりは全部落語のパクリである。冷や酒の応酬になった。もちろん味なんかわかるわけはない。そのうちに一人が、酒というものを飲む以上は何か酒の肴というものがなければおかしいのではないか、と提案した。慣れた者が一人でもいれば、酒屋でツマミを買ってくるなり夕食の漬物でも取っておくなりしたのだろうが、全員こちこちに緊張しているので、そこまで頭がまわらなかったのである。何かないものだろうか、と思案していると、中の一人が、家族へのみやげにパイナップルを買ったのだがそれではいけないだろうか、ということを言った。パイナップルで飲むというのはあまり聞いたことがないが、無いよりはましだろうというので、全員がパイナップルの輪切りにかぶりつきながら赤い顔をしているという、南洋のお猿さんみたいな酒盛りになった。

次に意識をとりもどしたのは、次の日の朝であった。裏返しにされた蛸《たこ》みたいな気分だ。生まれて初めての二日酔いである。それでも〝おはよう〟とあいさつをすると、みんなが何とも言えない目付きで僕の顔を見る。お前、何にも覚えてないのか、と一人が言う。聞けば昨日、完全に酔っ払った僕は友人たちを殴りとばして、一升びんを抱えたまま押し入れにろう城したのだそうだ。おまけに、見回りにきた体育の教師に、「黙れ、この安月給」と悪態をついたらしい。その教師に僕は「殴られながら介抱」してもらったという。

その日の予定は長崎観光で、僕は昼食の「皿うどん」を見たとたんに吐いた。

酔っぱらい

今回は他人のことをとやかく言っているだけのスペースがない。

酔っぱらいとは、とりもなおさず僕のことなんである。

以前、失職してブラブラしていたときに、名刺につける肩書きが何もないので、「酔っぱらい　中島らも」という名刺を作りかけて、寸前で思いとどまったことがある。その後、盆栽パフォーマンスの沼田元氣を紹介されて名刺を見たら、「貧乏人沼田元氣」と書いてあったので、似たような人もいるもんだと思った覚えがある。

二日酔の朝の、何やら犯罪者めいた忸怩たる気分は誰にも経験があるだろう。昨日、自分が何をしたのかの記憶がとんでしまっていることへの不安と、今日一日、もうこれで使いものにならねえな、という後悔と。

机の上の電話が鳴る。二日酔の頭に、ビンビン共鳴するような、いやな音だ。

「ハイ、もしもし、中島です」

「おっ、生きてますね、こりゃ驚いた」

「おう、ハマ公か。昨日はどうも」

「『昨日はどうも』じゃないですよ。スナックのトイレのドアはこわすし、カウンターの上にイスは放り投げてこわすし、尻出して踊るし！」

「人が何にも覚えてないと思て、いい加減なこと言うなよな。僕はな、酒品ということにかけては、中島の前に中島なしといわれた……」

「とにかく、人のおごりやと思ってイヤしい飲み方せんといてくださいよね。友だち失《な》くしますよ。ガチャン！」

このへんからそろそろ僕の中で不安の虫がうずき出すのだ。昨夜の自分の素行調査をせねば、いても立ってもいられなくなってくる。ジーコン、ジーコン、ジーコン。

「あ、もしもし、クロキンですか。中島です。昨日はどうも」

「『昨日はどうも』じゃないでしょうが」

「さっきさ、ハマ公から電話があってな。僕がスナックのトイレのドアこわしたり、イスをカウンターに放り上げてこわしたり、尻出して踊ったとか、ムチャクチャ言いよるんや。そんなことしてないよな、僕」

「してませんよ、そんなこと。トイレのドアはもともとこわれてたんだし、イスをカウンターに上げたのはハマ公ですよ」

「な、そうやな⁉　あー、よかった……」

「でも、尻は出して踊ってはりましたよ」

「えっ？　う……うそやろ⁉」

「うそも何も、中島さん、僕のところへ来て、『お前も尻出して一緒に踊れ』って、しつこく誘ったやないですか。僕、あのときそれができなくって、つくづく自分のこと、優柔不断な人間やなあ、と……」

「で……、尻だけか、出してたんは！」

こういうことが、年に何回もある。数えだしたらキリがない。

去年はついに、下半身を全部脱いで、ズボンや何やを肩にかけて店のイスに座り、相手がそれに気づくまでジッと黙って待っているという荒芸をしてし

まった。

酒がまずぅくなったであろう同席者は、『関西達人伝』の大山健輔さんと、『性なき巡礼』の作者の大谷幸三さんである。あれ以来、あまり誘ってくださらない。

やはり去年の春のことだが、朝、目を覚ますと、妙に体中が痛い。シャワーを浴びようとしてギョッとした。体中が紫色のアザだらけなのだ。これはどこかでケンカでもしたかな、と思って、例によって、前夜の素行調査を始めた。前の日は、中之島公園で、昼から花見の酒盛りをした。メンツは朝日とか日経の記者の人たち、フリーの女性ライターが数人、交換留学生の外人が数人といったところだった。

車座になって飲んだのだが、間の悪いことに、僕の横に座ったのは、ナンシーという妙齢のカナダ人の女の子だった。

僕はアセリにアセッた。自慢じゃないが、英語なんてできないのだ。

それでも、こうして花見の席で隣りあわせた以上は、僕が日本代表なのだ。ムッツリ黙っているわけにもいかない。

過去のおぼろげな記憶をさぐって、単語をひろい集め、しどろもどろに話しかける。

「カナダの青少年は、ものの考え方において、いかなる特性を有しておるのか」

「それは英仏混淆《こんこう》の言語状況も一因となっておるのか」

　というようなことを手ぶり身ぶりでスマイリー小原しながらしゃべるのである。

　合い間合い間に冷や酒をグビグビ流し込むのだが、緊張しているせいか、いっこうに酔いがまわってこない。このへんまでは覚えているのだが、どこかで酒量が臨界線に達したのだろう。フッと記憶がそこから途切れている。

　素行調査の結果によると、僕はその後しばらくニコニコしながら飲んでいたのだが、突然、自分のサスペンダーをはずすと、その先をナンシーの胸のあたりに近づけ、

と、非常に流暢《りゅうちょう》な英語で言ったそうだ。

そして、この国辱的な発言に激怒したフリーライター女史数人によって、ハイヒールで所かまわず蹴っとばされたらしいのだ。

と、ここまで書いて読み返すと、ほとんど酒乱の境地にまで達しているように思える。情けないので、今日の十時から夕方まで禁酒することにする。合掌。

「カチャカチャ酔い」について

高校の修学旅行の宿で大酔して体育の先生にからんだのが僕の酔っ払い人生の幕あけだった。

「こらっ、△△。俺よりちょっと女を知ってると思って大きな顔するんじゃねえっ」と言ってからんだそうだ。その体育の先生に僕はポカポカ殴られながらも介抱してもらったらしいのだが、何も覚えていない。相手が男気のある人だったので退学にならずにすんだのだろう。

この醜態をさらしたのがくやしくて、それから毎晩酒を飲む「けいこ」をした。トリスのポケット壜一本で天井がまわっていたのが一日ごとに手があがっていき、二十歳くらいには一升酒でもへっちゃらになってしまっていた。いくらでも飲めるのはいいのだが、問題はいつも金だった。当時はヒッピー・ムーブメントのさ中で僕も腰まで髪をのばしたフーテンであった。髪をのばしているとなかなかアルバイトにもありつけない。ジーパンのポケットにはいっている金はいつでも硬貨ばかりだった。つまり千円以上持っていることがなかったのである。五、六百円の全財産を握りしめて、フーテン仲間といっしょに街をうろつく。遊ぶのはおもに神戸で、三宮《さんのみや》や元町をよくほっつき歩いた。酒を飲むにしても「普通の値段」の店にはとてもはいれない。その頃、一九七〇年当時の神戸で一番安い店というのはたぶん「八島食堂」という大衆食堂だったろう。お銚子が一本六十五円で湯豆腐が三十五円だった。つまり最低限の飲み食いにおさえれば百円ですむわけである。僕たちはいつもその湯豆腐を取ると肴をそれ以上とることはなかった。全部お酒のほうにまわしたのである。たとえば五百円持っているとすると、湯豆腐をとった残りが四百六十五円だ。しかし、それを全部お銚子に変えるわけにはいかない。当時僕は尼崎に住んでいたので、家に帰るならば電車賃の百二十円をキープしておかねばならない。とすると残金は三百四十五円である。これで五本飲んで二十円あまる。しかし家に帰らないつもりなら七本飲めるわけである。七本飲んで十円あまるから、その十円で友人に電話をかけて泊めてもらうという手がある。しかし、もし友人が外出していたら万事休すだ。公園で寝ることになる。いつもそういう計算をしながら飲んでいるわけで、これは飲むときの僕の癖になってしまった。いま現在何円ぶん飲んでいるか、という計算がいつもできているのである。そしてその計算はいくら酔っていても外れることはない。その証拠に店の人が勘定をまちがえたりすると即座に指摘するが、必ずこちらのほうが合っている。

社会に出て働き始めてからもその癖はおおいに役に立った。僕は結婚が早く、学校を出て印刷屋の営業マンになったときにはもうすでに子供がいた。家族がある上に安月給だったから飲み代にはいつも汲々《きゅうきゅう》としていた。十円単位の計算で飲む日々がずっと続いたのである。こういう計算をしなくても酒が飲める日がいつか来るにちがいない、と僕は信じていたが、その日はなかなか来なかった。

最近はさすがに十円単位の計算で飲む必要はなくなったが、その習性だけは頑として残っている。無意識のうちに頭の中の計算機が作動してしまうのである。脳内をカチャカチャ鳴らすこの飲み方は、ひょっとするともうなおらないものなのかもしれない。

「エサ」と酒

内田百閒《ひゃっけん》という頑固じいさんがいて、この人の随筆を僕はヒマがあるとよく読む。実に文句の多いじいさんで、初見は嫌な感じなのだが、何度も読み重ねるうちにそのワガママ言い放題の奥から愛らしい子供っぽさとゆるぎない硬骨がほの見えてくる。何となく「近所のエラくてうっとうしいけれど可愛いじいさん」みたいな親近感を感じて、つい読んでしまうのだ。

この人はかなりの酒飲みで、砂場の三畳ほどの閑居にひっそくしている時分にも知人を呼んでは何度も大宴会を催している。

鍋の中に入れるのに馬肉と鹿肉をあつらえて「馬鹿鍋」という酔狂をやらかしたりしたのは有名な話だ。

百閒はかなりの大食で、壮時には旅客船のレストランで、フルコースを食べ終えた後にライスカレーを注文してまわりの人を赤面させたりしたようだ。

その大食の百閒の随筆の中で面白いのは「そば」の話だ。

百閒は起きると朝にビスケットを少しつまむ程度で、昼には近所のそば屋から夏なら「もり」、冬なら「かけ」を出前させる。

これが毎日のことなのだが、本人の言によると、食べたか食べないかわからないただの虫おさえで、あとはただひたすら夕刻の酒食を楽しみに待ちわびている。

ここで面白いのは百閒の展開する「エサ・うまい論」である。

百閒は鳥を飼っているのだが、昼の食をそばと決めるまでは、鳥がエサをついばむ姿を見ては、「毎日同じものを食うて気の毒なことだ」と哀れんでいた。

ところが昼食をそばに決めてからは、そのそばに慣れて、十二時なら十二時きっかりにそばが届けられるのが待ち遠しくてしかたがなくなってくる。五分でも遅れるとイライラして出前を叱ったりする。

百閒の取っていたのは、本人も明言しているが何の変哲もない町の駄そばで、うまくもまずくもないといった代物だ。

ところが所用があって外出したりしたときに担当の人から「この近所にも神田の〝藪《やぶ》〟がありますから」などと言われても、百閒はそれを辞して自宅へ帰るのだ。そしていつもの駄そばをすすって納得する。鳥は決して不幸ではない。エサというのはうまいもので、違うエサをとっかえひっかえ与えられるほうがよっぽど迷惑なのだ。

美味珍味を求めて放浪するというのは、本人によほどの覚悟がない限りむなしい営為だ。

酒に関してもそれは同じで、最近はよく各地の地酒を品評会のように並べた店に出会う。

利き酒大会みたいにその一品一品を味わっては、結局正体不明に泥酔してしまっている男女をよく見かける。

そういう飲み方というのはどちらかというと、お酒に対して失礼な飲み方だ。

毎日つき合っていると、「エサ」である駄そばが徐々にうまくなってきて、しまいにはよそのそばを受けつけなくなる。それと同じくらいつき合わないと地酒のうまさはわからない。

僕は日本酒が好きで、夏でもヒヤでやる。

ありがたいのは住んでいるのが関西エリアで、灘《なだ》五郷の銘酒の地元であることだ。どんな料理屋にいっても、「これは」と言われる銘酒を味わうことができる。たしかにどれも馥郁《ふくいく》とした味わいだ。あるレベルを超えたものには個性のちがいがあるだけで、「甲・乙」の差というものがないことがよくわかる。

ところが僕が家で飲むのは「丙」の酒である。「水のようにうまい美酒」ではなくて、「水っぽい酒」だ。

あまりにうま過ぎてまったりとした酒では嫌味を感じてしまう。

それは「立派な人」と付き合うと疲れる感じによく似ている気もする。

スウィーテスト・デザイア

どうも困ったことになった。三十路《みそじ》もなかばだというのにこういう目にあうとは思いもつかなかった。まさかこの僕が突如として「甘党」になるなんて……。

去年の暮れに体をこわして入院して以来、自分でも不思議に思うほどみごとに長年の飲酒癖をなおしてしまった。禁断症状のときに現われるという「小さな大名行列」の幻覚を楽しみにしていたのだがそういうものはついぞ出てこない。あてがはずれてしまった。奴《やっこ》さんの一人くらい見てみたいものだが……。

稲垣足穂のアル中は有名だが、ある日自分の家に帰って部屋の戸をあけると「鬼」がいたという。それはいわゆる角《つの》をはやした鬼ではなくて何かモヤモヤした黒い「気の塊」みたいなものだったが、一目見たとたんにそれが「鬼」であることを直感したそうだ。鬼は足穂に見られると同時に「クモの子を散らす」としか表現のしようのない感じでバッと四方に散って消えたという。

僕の知っているアル中のおじさんは、いつも肩のところに何かリスのような小動物

がのっているのだそうだ。おじさんは人に会うと自分の肩を指さして、

「ほら、見てみい、これ。かわいいやろ」

と言ってこの幻の小動物を自慢する。そいつはいたずら者で、ときにはおじさんの襟首のところからYシャツの中に入りこんでは背中を駆けまわる。そんなときおじさんは身をよじって笑いながら、

「こらっ、こらっ、やめんか。くすぐったいやないか」

と叱る。仲良しなのだ。

それに比べると僕は中途半端なアル中だったようで、十五年間酒びたりの毎日をおくっていたにも拘《かかわ》らず、そういう幻覚にはお目にかかれなかった。異変はむしろ別の形をとって起こり始めた。甘いものを受け入れるようになりだしたのである。

アル中をしていたときの僕は一切と言い切ってしまっていいほど甘いものを受けつけなかった。一日のうちで口にする甘みといえばせいぜいがコーヒーに入れるスプーン半分ほどの砂糖くらいのものである。酒飲みの常で、下戸・甘党を心底から軽蔑しているふしもあり、その軽蔑を外に出さないために自分をセーブすることがしばしばあった。

それが、酒を断ってからは最初はカロリーの摂取と口淋しさのためにクッキーなどをつまむようになった。食べてみるとまんざらでもない。むしろ長い間忘れていた子

供の頃の口福の喜びを思い出してほんのりした気持ちにさえなる。そういう自分を発見して苦笑いするのも自虐的快感をともなって別に不快ではない。

　そうこうしているうちにある朝、突如として「これはどうもおかしい」ことに気づいたのだ。その朝、僕は起きぬけのコーヒーを飲みながら半分死んだ頭でぼんやりと新聞を眺めていた。なにげなく目にとまった半二段ほどの広告を見て僕は、

「お。バームクーヘンか。いいな……」

と思った。思ってから何となく心の中に違和感を覚えて、もう一度その広告をよく見てみた。それはバームクーヘンではなくて「木の年輪」であった。古木の輪切りの断面に墨で黒々と「まごころ」と書いてある。仏壇屋さんの広告だったのだ。

　そのときのショックというのはいわく言いがたいが、自分がアル中であることを発見したときのショックよりも大きかったのは確かだ。アル中であることを知ったのは新聞の「アルコール依存度テスト」というやつで、これを某広告代理店のクリエイター二人といっしょに試みたのである。四点以上のあなたは要注意！　というテストで僕は十三点だった。ちなみにいうと他の二人は十二点と十四点である。これはえらいことだというのでその日はもう仕事を陽のあるうちに切りあげて飲みに行くことにした。

　これを見てもわかるが、アルコールに溺れることには一種の快い悲愴感がつきまと

う。それがよけいに人を深みに沈めていくという側面がある。同じく女に溺れて身を崩す男や、ギャンブルのために全てを失う男、麻薬のために才能を枯らしてしまう男。いずれもその破滅への傾斜が男の顔に彫りの深さを与え、我々の中のタナトスをくすぐるのである。ところが「甘いもののとりこになった男」には悲劇的な要素はみじんもない。ドーナツ中毒で極限まで肥って死んだプレスリー。サンドイッチをのどに詰めて死んだママ・キャス。それが死者だから誰も笑いはしないけれど、哄笑はのど元のところまでせり上がってきているのだ。

僕に関して言えば、アル中を克服するのは想像していたよりもはるかに容易なことだった。そしてそれはとりもなおさず緩慢な死への欲求から逃げきって、「生きる意志」に加担することだった。生きようとする意志は醜いものだ。それは清潔さや明晰さのすがすがしい世界と一番はなれたところに位置している。それは十分承知していたのだ。みっともなさも敢えてひきうける心づもりで生きるほうを選んだのだ。しかしまだまだ「甘かった」ようだ。生理や欲望というものがこれほど卑怯なかたちをとって迫ってくるとは夢想だにしなかった。

だから僕はいまうろたえている。不意をつかれたのだ。右手にケーキ、左手にコーヒーを持ってくやしがっているが、どうもときすでに遅いようだ。

先日、ひさうちみちおさんやわかぎえふといっしょに喫茶店にはいって、ふと横を見ると人夫のおじさんが巨大な「チョコパフェ」を食べていた。一瞬笑いそうになったが思いとどまった。もう僕には笑う資格はないのだった。

いける酒

海外に行くときには免税店でワイルド・ターキーを買う。これは味がどうとかいう問題ではなく、単に量の問題なのだ。普通のバーボンは七二〇 ccか七五〇 ccだが、ワイルド・ターキーは一〇〇〇 cc入っている。下品な奴である。だがこちらにとっては、その下品さが頼もしい。

日本という国をざっと眺めてみると、これはもう酒屋だらけである。酒屋のない空間には飲み屋が建っている。こんな国にいてアル中になるなという方が無茶である。

その点海外にはリカー・ショップ、つまり酒屋が非常に少ない。おれのようなアル中には心寂しい風景である。だから海外に行くときには、量が多くて度数の高い酒を買って行くのだ。こんなことを心配しているのは飛行機の中でもおれくらいのものだろう。

昔、東京から大阪へ向かう新幹線の中でものすごい光景を見たことがある。四十歳ぐらいのサラリーマンだったが、その人は座席の前のテーブルにサントリーのまだ封を切っていない角瓶を、でんと置いていた。新幹線が発車すると同時に、その人は角瓶を飲み始めた。

新横浜あたりでその人は既に角瓶の五分の一くらいを飲んでいた。

「えらいスピードやな、大丈夫かいな」

おれは心配しながらも、うとうとと眠り始めた。ずいぶん眠っていたようで次に目が覚めたときには、列車は名古屋駅に着いていた。件《くだん》のサラリーマンを見ると、彼は既にボトルの五分の四くらいを飲んでいた。おれはそのまままた眠ってしまった。

新大阪で目が覚めた。サラリーマンのボトルを見ると「空」であった。つまりこの人は東京から大阪までの三時間で、ウィスキーを一瓶、空にしてしまったわけである。

おれは色んな席で、色んな人とたくさんの酒を飲んできたが、これほどの酒飲みを見たのは生まれて初めてだ。この人なんかは海外に行くと、酒屋がないのでさぞ苦労するだろう。

ところでおれの買ったワイルド・ターキーは、ほぼ三日でなくなる。あとは地元の酒屋を何とかして見付け出し、その土地の蒸溜酒を分けて貰うしかない。たとえばタイ、ベトナムでは容易にウィスキーが手に入る。

ベトナム産の「メコン・ウィスキー」である。これは悪夢のような酒だ。金属の味がする。ホテルに戻ってこのメコン・ウィスキーを啜《すす》っていると、しみじみ、

「もう酒なんかやめようか」

と、真剣に思ったりする。

それでも次の日には起きがけに一口あおって、その日の仕事に出かけたりするのだ。

中国は酒の宝庫なので、飲むのに困ったりすることはない。困るのはスリランカあたりである。ここにはあまり度数の高いスピリットがなくて、あるのは「アラック」ぐらいである。これはヤシ酒を蒸溜したもので、味はなかなかいける。ラム酒に似た味わいだろうか。アルコール度数も三十度くらいはある。

色んな国で、色んな酒を飲んだが、ビールが十五、六度くらいあればそれが一番いける酒なのではないかと思う。

運転手の話

おれはタクシーの運転手と話をするのが好きだ。主に趣味の話をするのだが、中にはとんでもない趣味を持っている人がいる。

ライフルを持って山中に入りシカやイノシシを射つ、という人がいた。獲物は現場で解体してビニール袋に取り分け、全員で分配するのだそうだ。

一頭獲れればそれで十分なので、狩りは終わりになる。なかなか良い趣味だと思う。

先日もタクシーの運ちゃんと話をしていた。

「休みの日は何をしてらっしゃるんですか」

すると運ちゃんは五十がらみの人であったが、ポリポリと頭を掻いて、

「いやあ、私等やっぱり酒ですなあ」

と言った。

お、これは話が合いそうだと思ってタクシーの中で居住まいを正した。

「ほう、酒ですか」

「おとついも飲んでしまいましてね、二本飲んでしまいました」

おれはいささか気抜けがして、

「いいじゃないですか。ビール二本くらい」

すると運転手は、

「ビールとちがいますねん。日本酒ですねん」

「じゃあ、お銚子二本ですか」

「ちがいますねん。一升壜ですねん」

おれは絶句した。一升壜を二本？

おれもたいがいの酒飲みだが一升飲んだ経験はあまりない。飲むと次の日は地獄のような二日酔いになる。だからせいぜい飲んで六合くらいである。

「いつも二升くらい飲まれるんですか」

「そうですなあ。腰をすえて飲んだら二升五合はいきますなあ」

「それは何か食べながら飲むんですか」

「いや。瓜《うり》の塩漬けくらいです。これは酒にいいので私が庭で作ってるんですよ」

世の中には凄い人がいるものだ。おれはたまげてしまった。それから話は立ち呑みのことに及んだ。

「飲むのが早い人がいてはりますねえ。店に入って酒のコップが来るなりカーッと一気に飲んでしまって、あれは八秒くらいしかかかってないんじゃないですかねえ」

するとと運ちゃんは、

「私もね、最初の十杯目くらいまではカーッと一気に飲みますけどねえ」

おれはますます参ってしまった。この人のもとに弟子入りしようか、とも思った。

しかし考えてみるとタクシー業務というのは、一日半運転して一日半休むというものだ。車に乗っている間はもちろん一滴も飲まない。これが休肝日になっているのだ。言わば一年の半分は肝臓を休めていることになる。だから二升飲んでも元気でいられるのだろう。

瓜だけつまんで二升の冷や酒を飲む。

なかなかいい酒だと思う。

かど屋のこと

そのメシ屋は神戸・三宮の外れにあった。

角地を利用した三角形の小さな店で、角だから「かど屋」。ほんとうに小さな店で、七人入れば一杯だ。大衆食堂というよりは「メシ屋」と呼んだ方がピンとくる。お婆さんが一人でやっている。

彼女とおれは五年間三宮で付き合っていて毎日会った。よくこの店で待ち合わせた。おれは十九歳の浪人生で、彼女はひとつ年上。女学校の図書館で司書をしていた。夕方に仕事が終わって西宮あたりから三宮まで駆けつけてくるので彼女は当然空腹だ。だからメシ屋で待ち合わせる。

彼女はケースに並んでいる中から副食を一つかふたつ取り、小ご飯を頼む。おれはいつも日本酒だ。話をしながら彼女が食事を摂っている間に二本飲む。それ以上は飲まない。金を持っていないからだ。二百円をジャズ喫茶用にキープしておかなくてはいけない。デートのメインはジャズ喫茶で、三時間くらいをそこで過ごす。たまに、彼女のお金でラブホテルに行くこともあった。酒、煙草、メシ、コーヒー、ジャズ、セックス、そして何よりも会話。これらによっておれと彼女の時間は費されていて、それが日常のリズムでもあった。

ある日、滅多にないことなのだが、マリワナを持っていた。知人から分けてもらったジャマイカ土産の極上品で、ジョイントに巻いて二本、ハイライトの箱の中に紛れ込ませていた。

いつものように「かど屋」で彼女と会う。彼女はパクパクとご飯を食べている。おれはいつものように日本酒を飲む。お婆さんはカウンターの真向かいで沢庵を刻んでいる。こっと、こっと、とゆっくり。客はおれ達二人だけだ。

おれはふと思いついて煙草の箱の中からマリワナを一本取り出した。口にくわえて火を点ける。青っぽいいい香り。ただおれは自分の肺には吸い込まず、生の煙をカウンター一枚へだてたお婆さんに向かってふうっふうっと吹き続けた。顔のあたり目指して、ふうっ、ふうっ。お婆さんは黙って漬け物を刻んでいる。そうして五、六分が過ぎた。

と、それまで、こっと、こっと、とゆっくり切っていた包丁の音が変化してきた。

スットンストトン　スットンストトン

リズムが、ビートが現われたのだ。しかしお婆さん自身はそのことに全く気づいていない。無心にオシンコを刻んでいる。彼女も事態が解っていない様子だ。おれ一人だけが腹の中でゲラゲラ笑い転げた。

三十年前のことだ。「かど屋」はもうない。お婆さんはとっくのとうに亡くなってしまっただろう。

三宮の街は大地震でほぼ完全にぶっつぶれ、ガラクタの跡からフーゾクだけがウジャウジャと生えて立ち上り、街を埋め尽した。

彼女はおれの妻になった。

スットンストトン　スットンストトン

安い酒・高い酒・不味い酒・美味い酒

今、きっちり五十歳。

十七歳から酒を飲み始めたから三十三年の付き合いになる。この「せんべろ」（『せんべろ探偵が行く』文藝春秋刊〜集英社文庫）でも日本中の安酒を求めて彷徨《ほうこう》したし、取材旅行で世界何十カ国をまわったし、まあいろんな酒を飲んだ。アルコール分二%のモンゴルの馬乳酒から一〇〇%のエチルアルコールまで。安いの高いの不味《まず》いの美《う》味《ま》いの。二年間一滴も飲まなかった時期もあるし、二日でウィスキー三本ペースは続いた頃もある。アムステルダムではウィスキーと大麻樹脂とマジックマッシュルームとハルシオンを一緒に飲み食べ吸いして、ただの「物体」になってしまった経験もした。

一番安い酒は若い頃飲んでいたトリスキングサイズ（三本分入って千円くらいか）、仕事部屋の近くの自販機で買ってた「鬼ごろし」（一升九百円）。一番高い酒は香港のトップレス・バーで飲んだビール三本で十二万円（このときは金払わず走って逃げたがね)。一番不味かった酒は最初に勤めた会社で社長の説教を聞きながら飲んだ社内接待酒。一番美味しかったのは丹後半島の民宿で宿の爺さんが飲んでたのを横取りした地酒。これは近くに酒蔵があって、爺さんが毎日空壜を持って行き、搾り立ての奴を詰めてもらってくるのだった。まことにサラサラと、食道を小川が流れていくような按配だった。

おれは基本的には清酒なのだが、旅に出れば必ず地元のものを飲む。メキシコのテキーラで何年も寝かせた奴は飴色を帯びていてとてもマイルドだ。ストレートでやるが度数の高さを感じさせない。マレーシアではアラック(椰子酒を蒸溜して樽で寝かせたもの)を飲んだ。これは少しラムに似ていてなかなかいける。北京では八十度くらいある白酒《バイチュ》、タイではメコン・ウィスキー。蛇酒、百足《ムカデ》酒なんてゲテなものも飲んだ。さすらいの酔っ払いである。

しかし、最近は外で飲むことは殆どない。家で、近所の酒屋からダースで配達してもらう「国菊」という清酒を妻と猫とテレビ相手に飲んでいる。飲みながらモノを書くという悪癖もなぜか影をひそめてしまった。酒量は四合くらいだ(医者には二合と言われている)。一日一食なので、魚か肉か卵か、それに野菜、豆などを添えて肴兼食事とする。米は食わない。体重は五七kgほどで安定している。少し酒が多いかもしれないが、まあその辺はファジーである。節酒していても、明日車にひかれて死ぬかもしれないではないか。それなら今夜も飲んだ方がいい。

「せんべろ」は、いろいろな体験ができて楽しい仕事だった。一緒の仲間が楽しい人達だったので、いつもいい酒だった。要はそれなのであって、安かろうが高かろうが不味かろうが美味かろうが、そんなことは酔い心地に何の関係もない。気が良ければそれは天下一品の美酒なのだ。では、今からまた飲み始めるとしよう。

スタンディング・ポジション

立って、飲み食いすることについて書く。

それは誰だって、ゆっくりと腰をかけて食事を摂《と》ったり、酒を飲んだりするほうがよいに決まっている。

できればどこかの国のように、昼は家に帰ってノンビリと昼食をしたため、その後はシエスタを決め込んだほうが、精神衛生上よろしいにちがいない。

現に先日、地下街のカレーショップでカレーをかっ込んでいて、ふと周りを見渡し、ギョッとなったことがある。

ズラッと並んだ男たちが、それぞれに首を伸ばして一心不乱にカレーをつっ突いている様が、あまりにもソックリだったからだ。何に？　って、養鶏場のブロイラーに、である。

一瞬、冷たいものが背を走ったけれど、考えてみれば僕だって、そのブロイラーの一羽なのだ。気をとり直すことにした。

こういうことは人にやいやい言ったり、言われたりするようなことではない。皆、それぞれの事情で「エサ場」に首を突っ込んでいるのだ。それは忙しさの問題だったり、家計の問題だったり、その両方だったりする。

そんなところへ、「食事はゆっくり楽しんで」などと説教をたれられるのは、大きなお世話というものだろう。

カメラマンの垂水章氏と、たしか二、三回目にお会いしたときだったと思う。道を歩きながら、

「僕、こう見えても立ち喰いソバにはちょっとウルサイほうでね」

という話をしていた。垂水氏は興味深そうに僕の方を見て、

「ほう、僕もそっちの方面はちょっと奥義《おうぎ》を極めてるんですよ。中島さん、立ち喰いでは、どこが一番やと思う?」

「そうですねえ。ま、駅のソバやったら、阪急十三《じゅうそう》の立ち喰い」

その途端、垂水氏の足がピタッと止まった。

「で、ほかには……」

「んー、OSの立ち喰いうどんもいいけど、あそこはあんまり朝早いと、うどんにコシがないからなぁ」

「うむ…できる……」

と、垂水氏は深くうなずき、それ以来、われわれは〝立ち喰い友だち〟になったのである。

十三駅の立ち喰いは、味もいいけれど、何よりあの「自動メンゆがき機」が面白い。若い兄ちゃんが上からメンを放り込む。やがて下の口から、そのゆがかれたやつがポッコン、ポッコン出てくるのを見ていると、綿菓子屋の前を動けない子供のような気持ちになってしまう。
三、四年前まで、阪急梅田のガード下の飲食街には立ち喰いソバが二軒あった。そのうち大丸直営の方が今は工事中で、なくなってしまっている。
そのころ、大丸の方のソバは、「かけ」が百二十円で、もう一軒の方は百三十円であった。ほとんど同じエリア内にありながら、この十円の差というのはいったい何なんだろう、と僕は不思議に思っていた。

この話を酒友にしたところ、同じく立ち喰いの士である彼は、しばらく深く考え込んだあと手を打って、

「わかった!」

「え……わかった?」

「あの高い方の店が、十円分だけ〝味の素〟が多いんやないか?」

大笑いしてしまったが、立ち喰いソバとは元来その程度のものであって、味がどうこういう人は、値段を見てからにしてもらいたいものだ。

吹きっさらしの中であること、汁が熱いこと、値が安いこと。この三つが揃いさえすれば、それだけでもう立ち喰いソバは十分にうまいものであり、それにまだ何かが加われば、たいそうな幸せと思いたい。

最近、幸せにしてくれた店に、国鉄三ノ宮駅東口の立ち喰いソバがある。ウソだと思ったら、ここで「天かすソバ」を注文してみるとよい（ただし、そのためにわざわざ神戸まで行く、というのは「立ち喰い道」に反している）。

立って飲む、ということになると、上はサンボア・バーから下は酒屋の立ち飲みまであるけれど（ただし、この場合の「上」「下」というのはあくまで値段の話である）、僕の勤めている京町堀一丁目（大阪・西区）のオフィスの近くには、世界長直売部というのがある。

これは世界長の会社の一階の、土間のたたきのようなところに、古い酒樽を机がわりに並べて酒のコップ売りをやっているものだ。

ツマミは、空豆の乾物やスルメの甘辛いのやらの、よく昔の駄菓子屋で売っていたようなものしかない。吹きっさらしの中でこれらを齧《かじ》りながら冷酒を飲む。

そうすると、いかにも今、自分が「酒を飲んでいるのだ」という気がしてくるから不思議だ。四時半から六時半までしかやっていないというのも変わっている。

阪急の高架沿いに中津へ向かう途中にある、身障者の板前さんがやっている立ち喰い寿司とか、丸ビル前の市場の入口に、夕方になると店を出す立ち喰いホルモン屋とか、書きたいことはたくさんあったのだけれど、紙数が尽きた。

実はこの原稿を今、東京の月島にある出張所で書いているのだが、ぼちぼち近所の「煮込み屋」へいく頃合だ。

大きな鉄ナベがどかんと置かれて、その中で牛モツが味噌とニンニクでコトコト煮られている。アテはそれのみ、もちろん立ち飲みだ。

その湯気の中にいると、「誰が座ってなんかやるもんか」という気になってくるからおかしい。

一升酒を飲む

　昨日、酒を一升飲んでしまった。ぶ厚いイカの一夜干しが入ったのだが、こいつがぐいぐいおれの手を引っ張る。十本の手で引っ張るのである。

「お酒がほしいよう。お酒がほしいよう」

　イカがそう言っておれの左腕を引っ張るのだ。

　かたや、おれの右手には封の切っていない一升壜があった。これは福岡県、篠崎の「国菊」という銘酒である。世間、マスコミには『さかだち日記』（集英社文庫）なる本を出したおかげで、一滴でも飲んだら市中引き廻しの上獄門、ということになっている。そういう状況で飲む酒は甘露の味がする。

　しかしまぁ飲んでも四合、飲まなくて三合、それくらいの酒である。

　いい魚があれば猫と分け合って時を過ごしている。二合だと喉の奥がぽっと明るくなった程度でつまらない。

　しかし、飲めば飲めるだけ飲むので、今回のような始末になってしまう。

イカの一夜干しのゲソの部分を齧った途端、口の中が驚いてダンスを踊った。そのぷりぷりした感触、塩の限りなく薄い塩梅《あんばい》。噛んだ途端、口の中から唾液が卑しいほどにほとばしった。

さっそく「国菊」をスポンと開けてお気に入りのぐい呑みを持ってきて、酒をなみなみと注いで、今度はこっちからお迎えだ。国菊は媚《こび》のない酒なので、これはまぁ学校の運動場の水道から蛇口に口をつけて飲む水のような味わいである。馬鹿テレビを見ながら酒を飲んではイカを齧り、イカを齧っては酒を飲みしているといつの間にか夜中の二時になっていた。

妻が来て言った。

「寝る」

「ああ、そう」

「そう」

妻が寝てしまったので何もすることがない。

三、四枚のエッセイを二本書いた。

一滴でも酒が入ると何も書けないという人がいるが、おれは幸いにも飲めば飲んだだけハッスル（古う）するタイプなのだ。

明け方になって一升壜を何気なく見たところ、残り二合くらいになっていた。えーい飲んじまえ、と思って最後の二合を飲んだところで一升壜も尽きた。γ《ガンマ》GTPもさぞや上がっていることだろう。寝ます。

P・S

一升酒を飲んだ次の日の昼である。頭の中でガムラン音楽が聞こえる。食べ物は何も喉を通らない。こういう時に一番効くのは迎え酒である。確か「国菊」の一升壜があったはずだ。確かこの辺に……。げっ、空じゃないか。誰だ、こんなに飲んだのは、と言って眠っている妻をにらみつけるおれであった。

ボタン押し人間は幸せか

一九九一年という年は何かしら僕らを興奮させるものを持っている。あとたったの十年でついに二十一世紀がくるのだという感慨や、その二年前の問題の年、一九九九年に何が起こるのだろうという不安。コンピュータの加速度のついた進化が、十年後にどういう世界を作り出しているのか、といった興味。そうしたものがごちゃ混ぜになって僕たちを軽い興奮に導くのだろう。中でも僕が興味を抱いているのは、大脳生理学の進化である。人間の脳というのはそれ自体が広大な宇宙のような謎のかたまりであって、大脳生理学が発達すればするほど「何もわからない」ことがわかるといった世界だ。空間にたとえるならば、脳という広大な宇宙に対して、我々はやっと月に着陸した、くらいの段階にいる。コンピュータの進化も究極的に目指すのは人間のシステムである。類推し、判断し、空想するというファジーな機能を持つコンピュータと現在のそれには、越えようのないほどの開きがある。

人間の脳の解明は、科学だけでなく、我々の文化そのものを根本的に変えてしまうだろう。たとえば「脳内麻薬物質」というものひとつを取って考えてみてもそうなのだ。脳内麻薬は現在でも二十種が確認されているが、将来的にはケタちがいの数のそれが発見されるだろう。最初にこれが発見されたのは一九七五年である。イギリスの麻薬研究グループが、奇妙なことに気づいた。モルヒネを検出する試験に、ブタの脳のエキスが反応を示すのである。精密な検査によって、ブタの脳のエキスからエンケファリンという麻薬物質が発見された。鎮痛、快感作用を生体にもたらす。同様に人間の脳の中からもβエンドルフィンという物質が見つけられた。モルヒネによく似た物質だが、モルヒネの六・五倍もの鎮痛・快感作用を持っている。そしてそれ以降、次々と新しい脳内麻薬が発見されていった。つまり、人間の感じる快感というのは、人間の脳が自らの中で作り出した麻薬物質によるものだったのである。よく例に出されるのは「ランナーズ・ハイ」の状態だ。ジョギングを続けていると、非常にうっとりとした状態になってくる。この快感は脳内麻薬がもたらすものなのだ。ディスコで踊っているうちに恍惚としてくるのも、阿波踊りやリオのカーニバルで感じる快感も、すべてこのエンドルフィンが脳内のA10神経という神経を刺激することによって起こる。ヨガの行者や修験者が覚える宗教的恍惚も同じ理屈による。つらい単純な運動というものによって受ける肉体的苦痛を麻痺させるために、脳はこういう快感物質を分泌するわけである。そういうことがわかってくると、ここに奇妙なことが起こってくる。たとえば、ヘロインをうっている麻薬患者というものは悪の象徴のように言われてきた。これに対して、禁欲生活と苦行によって宗教的至高体験にまで到達した人は聖人としてうやまわれる。ところが大脳生理学から見れば、両者の脳内で起こっているのは同じ現象なのだ。麻薬物質が快感中枢を刺激することによって起こる恍惚感である。違いといえばそれが人体内部で生産された麻薬であるか、外部から摂取された麻薬であるか、ということだけである。すると従来のモラルから考えるとややこしいことになってくる。従来のモラルでいくと、ヘロインというものは「悪」である。しかし化学物質として見た場合、よく似た分子構造を持っているエンドルフィンは「善」で、モルヒネやヘロインは「悪」だと決めつけるのは論理的に考えるとナンセンスである。ならば、体外から「不自然」な麻薬物質を摂取するその行為自体が「悪」だと定義するしかない。物質それ自体には善も悪もないからだ。しかし、快感をもたらす物質をとる行為が悪であるとすると、コーヒーもタバコもお酒もチョコレートもみんな悪であるとしなければならない。人間というのはそもそも快楽原則にのっとって生きている。働くのも遊ぶのも食べるのも眠るのも、結果的にそこから生じる快楽を目的として行動している。その快楽原則そのものを根本から否定して、禁欲を至上のものと定義したとしよう。その禁欲が生じる満足感というのは「快楽」であり、その快感をもたらしているのは脳内麻薬なのである。これは永遠の堂々めぐりだ。

どういう過程を経るかはわからないが、結果的には人間は快楽原則を認め、快楽をもたらす物質を、それが生理的に発生するものであれ、化学的に合成されるものであれ、認めざるを得なくなってくるだろう。

この結果、何が起こるかというと、それは「人類の絶滅」である。なぜなら、誰も働かなくなり、誰もセックスしなくなるからである。働くという行為は基本的には労働から生まれるお金で生命を維持していくためのものだ。そこに出世欲や名誉欲や充足感などの「報酬的快感」がからんでいる。しかし、化学的に合成されたさまざまな脳内麻薬の「ブレンド」によって、そうした充足感を脳が味わえるとしたら、不安もなく、満ち足りた喜びだけが味わえるとしたら、誰が働くということをするだろうか。あるいはセックスのエクスタシーが純粋に強烈に、薬によって味わえるとしたら、誰がこのエイズばやりの時代に他人とセックスしたりするだろうか。そうなると国家も経済も一瞬にして破たんし、一代か二代で人口は極限にまで減ってしまうだろう。そんな時代が十年以内にこないとは言えない。現にそうした現象の例というのはあるのだ。アメリカのロバート・ヒースという学者が、脳の中隔部分を自分で刺激するという「自己快感装置」を作った。これをある精神病の患者に使わせてみたところ、彼は一時間に四百回もボタンを押して自己刺激を終日続けた。この患者は話題になって、「幸福なボタン押し人間」と呼ばれていたという。やがてやってくる時代は、人間の種としての維持本能と個体としての快楽志向本能との凄絶なせめぎ合いの時代になる、そんな気がする。

わるいおクスリ

　世界というものは、混沌としていてグチャグチャにからまりあっていて、まことに始末に終えないものだ。そんな中にあって、人間はしばしば二元論の明快さの誘惑に負けて、その罠の中におちいってしまう。光と影、正と負、善と悪といった二元論を解剖刀にして、世界をきれいさっぱりと解析してみせたがる。この傾向はことに西洋人のほうに強い。東洋人には、混沌を混沌として受け入れる、ある種の〝能力〟があるが、西洋人にはその態度は現実世界に対する敗北主義に映ってしまうのだ。しかし、西洋的論理で解析された世界の中には真実はない。二元論は明快であればあるだけ、その分、世界の実相のほとんどすべてを取りこぼしてしまう。そうしたことから起こ

る弊害の大きさが、人間の歴史を狂わせてきたとも言える。たとえば、人間を善悪の二元論で割りきるという考え方だ。そこには人間の実相はかけらもない。戦争中、日本人は西欧人を「鬼畜米英」と呼び、アジア人は日本人を「東洋鬼」と呼んで憎んだ。戦後になるとこれが一転して、アメリカ人のオープンさや自由さ、豊かさ、ウイット、それらの全てが日本人の憧れの的になった。しかし、そのどこにも、人間を善と悪に二極分解する行為のどこにも真実はない。人間はただ人間として在るだけで、その中に茫漠とした混沌を抱いて揺らいでいるだけの存在なのだ。

二元論に頼りたがる人間は、ときとして「物質」にまで善悪を背負わせたりする。たとえば、「善玉コレステロール」と「悪玉コレステロール」といった名づけ方だ。しかし、これは人間の得手勝手な解釈であって、もちろんのこと物や物理現象それ自体に善悪などありはしない。人間のストレス反応などは、悪玉の代表のように言われているが、ストレスというのは人間に不可欠のものなのだ。恐怖や怒りを覚えたときに、サッと体が反応する、これがストレスなのであって、これがもしなければ人間は危機的状況に対応できなくなって、死ぬしかない。

また、塩分なども成人病の元凶のように言われるが、これも無ければ人間は死ぬ。つまり、当たり前のことだが、物には善も悪もない。それに対する人間の態度、過剰や欠乏を放っておくところに「悪」というものがたちあらわれてくるのだ。

こうしたことの一番顕著な例が、酒やドラッグに対する我々の感情だろう。酒に対しては、我々は長い歴史的関わりを持っているから、比較的正しい認識を持っている。酒そのものをさして、善だの悪だのという人はあまりいない。「百薬の長」になるか「きちがい水」になるかは飲み手次第、問題は酒の方にはなくて人間の方にある、という認識を、我々は持っている。ところがドラッグに関しては、日本人はいまだに「鬼畜米英」と言っていた頃の認識にとどまっている。子供の頃から、「恐るべき麻薬のとりこになった○○は、廃人同様のありさまになって……」といった表現で我々は洗脳されてきた。「人間やめますか」といったコピーも、我々がただの「物」であるドラッグに、善悪の概念を背負わせるという非常に幼稚な段階にあることを証明している。

もちろん、問題はドラッグの方にはなく、人間の精神の側にある。この関係は、酒やコーヒーや煙草や塩やストレスやジョギングやギャンブルや、その他あらゆる人間の受け入れるもの、そしてそれに対する人間の態度、この構図とまったく同じである。適量であれば薬になるが、過剰であれば毒になる。ときには死に至ることもある。構図は全く同じなのだが、決定的に事実を歪ませているのは、個人の領域のものを、国家が禁止している、ということである。あまつさえ、毎年大量の「犯罪者」、自分の健康以外の何ものにも害を及ぼしていない、不思議な「犯罪者」を大量生産している。

それに、禁止することによって、結果的に暴力団を肥え太らせている、という愚行をも犯している。

昔、アル中になって死にかけた咄家《はなしか》が、こう言った。

「酒の悪口を言わないでくれ。悪いのは俺だ」

酒ならぬドラッグの場合、悪いのはドラッグでも個人でもなく、国家と法律が最大の「悪」だということになる。

一本ぶんのモク想

ねばる覚悟

僕は年若い頃のうちのかなりの時間を神戸のジャズ喫茶の暗がりの中で過ごした。ほんとうはジャズよりもロックのほうが好きだったのだが、何か「わけあり」風の面白そうな連中がたまる空間としてはジャズ喫茶しかなかったのである。七〇年安保の後で、時代の空気には茫然自失しているようなところがあった。この一瞬の沈黙を経た後で、思想と心中をはかるものはさらに深く地下へ潜り、また別のものは政治へ向けていた目を反転して自分の内宇宙へ向け、ヨガやオカルティズムの森の中へ分けいっていった。ウッドストック幻想に取り憑かれてイベンターになるもの、コミューンに行ってしまうもの、ジム・モリスンやジミ・ヘンドリックスに殉じるべくドラッグにのめり込むもの。〝グラムロックいのち〟で顔を七色に染めわけて女装するもの。それまで一枚岩のごとくだった精神土壌は粉々に砕けて、その破片からてんでに勝手な花が開き始めたのである。そうした人たちはそれでもお互いのどこか共通な匂いを嗅ぎ当てるのだろう。ジャズ喫茶にたむろした。

その頃、僕たちは金がなかったせいもあって、ジャズ喫茶で「ねばる」ということを課題のようにしていた。ジャズを聞きながら一杯のコーヒーだけで何時間も「ねばる」のである。

「昨日は〝ニー・ニー〟で三時間ねばってたけど会わなかったね」

「昨日は僕は〝バンビ〟で四時間ねばってた」

というようなことが日常の会話の型だった。ねばり方は人それぞれで、何やらむずかしそうな左翼思想の本を読んで、ときどき赤線を引いたりしている人がいる。目をつむってメディテーションしている人もいれば、音が大きいので筆談している人もいる。中でも目立ったのは、机の上に〝ピー缶〟をどんと置いてる常連だった。〝ねばる〟決意の表明なのだろう。

生還の味

僕は資格と名のつくものをほとんど持っていないが、その数少い資格の中に、「二級ダイバー免許」というのがある。五、六年前に検定試験を受けて、けっこう苦労して取得したのだが、今では無用の長物となって死蔵されている。潜っていて一回死にかけたので、それ以来おじ気づいて潜るのをやめてしまったのである。

　丹後半島の久美浜でのことだったが、午前中に軽く潜ったあと、酸素ボンベを見るとまだたっぷりと酸素が残っていた。四十分くらい潜っていられる量である。沖合いの水深三十メートルくらいのところまで二十分で行って、Uターンしてまた二十分で帰ってくることにした。一人ではない。スキューバダイビングでは、事故防止のために必ず二人ペアで潜るのが掟になっている。バディ・システムという。僕はベテランのTさんと組んで潜った。海の中の世界は十メートル進むごとにどんどん様相が変わってくる。一番美しいのは水深五メートルくらいの光の届く範囲で、深くなるにつれて暗く無気味になってくる。岸と直角に沖へ二十分ほど潜行したところでTさんが親指を立てて合図をした。

〝帰ろう〟と言うのである。我々はUターンして元来た方向へ戻り始めた。ところがどうもおかしい。いくら進んでも岸に近づく様子がないのだ。あまりおかしいので一度浮上してみることにした。海面に顔を出して四周を見渡すと、どこにも陸がない。波に高く押し上げられてやっと見えた陸は豆粒ほどの小ささだった。我々は方向をまちがえて、戻っているつもりが沖へ沖へと進んでいたのである。酸素はもうないから泳いで帰るしかない。ボンベの重さでブクブク沈みながら必死で泳いだ。岸に泳ぎついたときには吐き気がして手足はもうピクリとも動かなかった。無性に煙草が欲しかったが、吸っていてもたぶん味がわからなかったろうと思う。

左官屋さんの一服

世の中で煙草を一番うまそうに吸うのは誰かというと、それがたぶん「働いてる人」ではないかと思う。植木屋さんだの大工さんだのが仕事の仕上り具合を眺めながら深々と吸いつける一服。あるいは山の段々畑かなんかでひとくぎりついた農家の人たちが夫婦で吸う一服。はたまた道路工事のおじさんが機械を止めてヘルメットを取ると耳に煙草がはさんであったりして、ヤカンの水をごくごく飲んだあとそいつに火をつける。どれも実にうまそうである。僕のような売文稼業の人間がいらいらしながら積みあげる吸いがらの山は、そうした一服に比べると何ともいがらっぽい気がする。

僕がまだ三つか四つの頃、家に左官屋さんがきた。セメントをこねるところや、コテでスッスッと塗りつける手際。仕事のいちいちが珍しく面白いので、僕は一日中その左官屋さんに貼りついて見ていた。左官屋の大将は僕に自分の手のひらを見せてくれて、「ほら、坊《ぼう》、見てみ。ここらに穴があいとるやろ。セメントをあんまりさわってるとな、手に穴があくんや」

と言った。僕はびっくりして、将来左官屋にだけはなるまい、と思った。

昼になると大将は弁当を使った。おかずは今考えるとたぶんイカの天ぷらだったのだろう。細長いものを箸で口へ持っていくと、大将はその棒状のものの中から何やら白っぽいものをツルッと吸い出して食べた。僕が、何食べてるの、と尋ねると大将は笑って、「これはな。ナマコや」

と言った。僕はナマコというのは何とうまそうなものだろうと思った。弁当を食い終わると大将は太い煙草に火をつけ、ミリミリと音をたてて吸った。唾を呑んで見守っていた僕の結論は、「将来左官屋さんにはならないがナマコは食べる。煙草も吸う」というものだった。

バットにしんせい

若い頃の僕は、金があるときはハイライトを吸ったが、ふところの淋しいときはバットかしんせいだった。お互いにたかったりたかられたりするのが僕たち友人同士の日常だったから、どの煙草を吸っているかはひとつの目安になった。つまり、「ハイライトの奴は友だち、しんせいの奴は知り合い、バットの奴は他人。ピースのお方はお殿さま」

なのである。ある日、いつものように喫茶店でしんせいを吸っていると、友人の一人が突然「しんせいの歌」というのを歌い出した。何かスコットランド民謡みたいなメロディの歌だったが、歌詞はたしかこうである。

国民の煙草しんせいは
安くて分量が多い
ピースでは　高すぎる
バットでは　細すぎる
国民の煙草しんせいは
安くて分量が多い〜

「安くて分量が多い」の「おおい〜」のところにバグパイプで聞かれるような微妙な小節がはいるのである。友人はこの歌を自分の父親に教えてもらったのだそうだ。たぶんお父さんは昔のバンカラ学生で、弊衣破帽《へいいはぼう》、ポケットにはしんせい、といった青年時代をおくったにちがいない。

煙草の銘柄、あるいはウィスキーの銘柄にはいつも何かノスタルジーをかきたてるものがある。バットに該当するのはウィスキーで言えばトリスだろう。しんせいはレッドで、ハイライトはホワイト、ピースはオールドというところだろうか。

僕はほぼ十年間、ハイライトを吸っていたが三十代になってからはロングピースを愛用している。先日、知人がお土産にバットをくれた。吸ってみると若い頃の友人たちの顔が目の前に浮かんでくるような気がした。

僕のブロン中毒体験

僕自身の中毒体験については拙著『アマニタ・パンセリナ』（集英社文庫）に詳しく書いてあるので重複を避けたいが、睡眠薬中毒、ブロン中毒、アルコール中毒の三つをこれまでに経験している。この原稿では、これらの中毒からの離脱期について述べてみたい。

睡眠薬の中毒から「ヌケる」のは比較的簡単だったように思う。当時僕は三年間ほど失業状態で、毎日家で「ノルモレスト」を飲んでラリっていた。処方せんを手に入れるのに苦労したが、知人の助けを借りて錠剤を集めていた（これは晩年の川端康成状態である）。

ノルモレストは非常にマイルドな効き心地の薬で、ドリデンとかネルボンに比べるとお話にならなかった。

毎日ラリっていた。

酒も飲んでいた。

ブロンも飲んでいた。

トロトロの状態で、毎日虫くらいのIQで過ごしていたのである。

この状態から離脱するきっかけになったのは簡単なことである。金だ。家中に一銭も金がなくなってしまったのだ。僕はまた背広を着て働くことになった。三十歳のときだ。もちろん睡眠薬はやめた。

退薬症状のようなものはほとんどなかった。

心理的依存のようなものはあったが、それもたいしたことはなかった。

僕は比較的スムーズにラリ中からバリバリのサラリーマンへ移行したといえる。

困難をきわめたのはブロン液からの離脱だ。

僕は十年間ブロンを飲んでいた。

効いて気持ちが良かったのは最初の三、四回だけだった。すぐに耐性ができて効かなくなった。もちろん、うっすらとは効くのだが最初の劇的な効き方に比べると話にならない。ではなぜ飲み続けるのかというと、退薬症状がこわいからである。で、退薬症状の出ない必要最少限度(現在の形の壜で一本か二本)を十年間飲み続けた。それをやめる気になったのは、薬局に行くのがほとほといやになったからである。薬局によっては、

「いつものやつですか」

なんて、バーテンダーのようなことを言う奴もいれば、
「あんた、飲みすぎとちがいますか」
と叱ってくれるところもある。僕の頭の中には家および仕事場近辺の薬局マップができあがっており、新宿京王プラザ近辺、渋谷東武ホテル近くの薬局マップもインプットされている。いつも劇団の公演をうつ下北沢スズナリの近くの薬局情報などは、どの店が何本売ってくれるかまで完璧に打ちこまれている。

そのマップにしたがって僕はのろのろと、ブロンを求めて移動するのである。その空しいうつろいが、ほんとうにいやになった。だからあるとき、原稿の缶詰めの最中に、ブロンを補給する行為をやめてみた。正確に言うと、飲む量を半分ずつにしていった。二本ずつを三日間飲む。その次は一本にして、また三日間。次は二分の一本にして三日間、四分の一本を二日間。そして、全く飲まなくする。いい調子でいけそうだ、と思ったのはつかの間、ものすごい禁断症状がやってきた。

下痢。これはコレラかと思うほどの水便である。四六時中襲ってきて、水を飲んでおかないと脱水症状のようになる。少し油断していると下着の中に失禁してしまう。部屋からどこへも出られない。そして、手足を数センチ動かすことさえつらい体のだるさ。寝返りをうつのさえだるい。ここは大阪弁で「しんどい」といったほうがいいかもしれない。

「薬局よ、出前してくれ」

と僕は思った。

ベッドに横になって、しんどさにうだりながら、ときおり下痢便をしにトイレにたつ。何日も、何も食わなかった。

そして、ある日、桂南光師匠との対談があるので僕は部屋を出ていった。下痢どめをたくさん飲んで、ユンケルの一番高い三千円くらいのも飲んだ。つまり、薬局に寄ったわけだが、ブロンは買わなかった。ここでブロンを買ってしまうと、この二週間ほどの苦しみが無駄になってしまうからである。

対談はお互いにバカ話のストックのすべてをさらけ出して、無事に終わり、僕は家に帰った。

それ以来、ブロンは飲んでいない。が、たまに一本ほど飲むことはある。いらいらするであろうことが予想される日などにコデインの助けを求めて一本だけ飲む。それも年に数回のことだ。薬局へ行かなくていいのが何よりせいせいする。

しかし、ブロン禍はとっくに過ぎ去ったと言われるが、あれは嘘だ。現に、大阪のある薬局チェーンでは、十本でも二十本でも売ってくれる。盛り場にあるその薬局の裏側にはブロンの空き壜が数十本、ころがっている。

やめろ、とは僕には言えない。こんなものに先輩も後輩もないのだ。経済的な理由でやめていく子も多いだろうし、僕のように経済的にはもちこたえても（月二十万くらいいる）薬局めぐりがいやだという理由でやめていくものもいるだろう。いずれにしても何らかの理由でせっぱつまってやめていくのである。せっぱつまらないために、今でもブロンを続けている知人が、僕のまわりには少くとも三人いる。それはそれで僕のどうこう言うことではない。

さて、最後にアルコール中毒のことが残ったが、これはまた今度のことにしたい。目下、アル中との闘いのまっ最中なので、話し出すと長くなる。少くともここ一年半ほどアルコールを断っている。それでもアル中はアル中であって、治るということはない。僕の自我が強烈なことを考えてやめにした。ＡＡにはいろうかと思ったこともあるが、たまに飲んでしまうこともある。そういうときには、次の日からやりなおすことにして、「何年間一滴も飲んでいない」という積み立て方式の考え方をよすことにしている。

哀しみの鋳型

この欄のタイトル（編注・月刊『サヴィ』連載中の「微苦笑中毒者の告白」のこと）になっている「中毒」という言葉は英語になおすとpoisoningとaddictの二種の言葉に訳すことができる。「ポイズニング」はいわゆるフグ中毒だの食中毒だのの、体に毒素がまわったために起こる症状をさす。「アディクト」のほうはアルコール中毒やヘロイン中毒などの依存型の性癖を指す言葉だ。ウィスキーを一本飲んでひっくり返る急性アルコール中毒はポイズニングで、キッチンドリンカーなどのいわゆるアル中はアディクトである。

僕は昔からこの後者のほうの中毒に並々ならぬ興味を抱き続けてきた。そのうちに暇ができたらこれに関する本の一冊も書きたいところだ。研究が嵩《こう》じてアル中になったわけでもないだろうが、身をもって実践してしまった感は無きにしもあらずである。

先日、景山民夫さんが東京フジテレビで深夜にやっておられる『クリティックス』という番組に、ゲストが本を紹介するというコーナーで呼んでいただいた。お互いに五冊ずつの本を持ち寄ってポーカーのように見せ合って勝負するのだという。敵はあの「かげやまのかげは陰口のかげ」「植木等以来のホラ吹き男」と巷間《こうかん》に噂される景山さんである。並の本を持っていったのでは返り討ちにされる、というので得意の「中毒関係」の本の中から強力なやつを選んで持っていった。阿片関係ではトマス・ド・クインシーの『阿片中毒者の告白』、アルコールではジェイムズ・クラムリーの『さらば甘き口づけ』、オールラウンドの麻薬百科としては、ローリング・ストーンズの伝記である『悪魔を憐れむ歌』、中毒症状の学術書『チョコレートからヘロインまで』、それにヘロイン中毒者ウィリアム・バロウズの『裸のランチ』というものすごい顔ぶれである。

よもやこれで負かされることはあるまいとたかをくくって行ったら簡単に負けてしまった。敵は「マンガ」を中心に、サイドをインチキな怪獣実在ドキュメントもので固めて逆襲してきたのである。

「マンガ持ってきていいならいいって先に言ってくださいよ。凶器攻撃ですよ、そんなの」

と文句を言ったが、景山さんは澄ましたもので、

「そんなものあなた、司会者は何やっても許されるんですよ」

と取りつくしまもない。

そんなわけで大負けをくらってしまったけれど、これを見てもわかるように、この世には「中毒もの」なるジャンルが明らかに存在する。あるいは薬物による影響が認められる作品もくり入れていけば、これはかなりあなどれない一体系を形成するにちがいない。

ボードレールの詩編には、「ハシシュ」なる一編があるのを見てもわかるように大麻系のアルカロイドの影響がみられる。極論を唱える人にいたっては、ボードレールの詩学の根幹をなす万物照応《コレスポンダンス》の論理はハシシュによって研ぎすまされた諸感覚のもたらしたものだと主張して譲らない。ボードレールはまた阿片チンキの常習者でもあった。

ドイルの創り出したシャーロック・ホームズは堂々たるコカイン中毒者である。推理という作業にはなるほど精神昂揚作用のある薬物はおあつらえむきにはちがいない。ドイル自身の伝記を読んだことがないので推測だが、おそらく作者本人も精妙なストーリーテリングを維持するためにはコカインの力にあずかるところが多かったのではないだろうか。

阿片系の薬物、モルヒネ、ヘロインなどに溺れるのは昔は文士のひとつの典型的スタイルのようなものだった。ジャン・コクトーには『阿片』という、そのものずばりの詩集がある。フランスの大詩人で『手紙』という戦時中の名作で知られるアンリ・

ミショーはライフワークとして『みじめな奇蹟』などの、薬物による精神状態の記述を何冊も残している。これを詩編と勘違いして買ってしまうと、興味のない人には二、三頁も読めないだろう。実にトリビアルでねっちりとした記録である。

オルダス・ハクスレーの『知覚の扉』もこの手の本としては名高い。恐怖小説の古典である『ねじの回転』の作者、ヘンリー・ジェイムスの父親は「笑気ガス」による幻覚の記述を残している。変わったところでは『仮面の孔』なる奇作を書いたジャン・ロランはエーテル（シンナー）愛好者で、その幻覚をもとにこの作品を書いている。

ヘルマン・ヘッセも大麻の愛好家で、『荒野のおおかみ』に出てくる、宿のランタンが闇夜のむこうで水晶のように輝く幻想的なシーンは非常に大麻幻覚的な描写であるといわれる。その他、サルトルのメスカリン体験の手記やアントナン・アルトーの阿片論、稲垣足穂のアルコール中毒による〈鬼〉の幻覚の記述など、いずれも面白い。

日本では麻薬の規制がたいへんに厳重なので、さすがにヘロイン文学などはあまり見ないかわりに睡眠薬中毒、ヒロポン中毒の作家は枚挙にいとまがない。芥川龍之介の短編、『歯車』のシーンなどはまさに睡眠薬の幻覚そのものだし、同薬の中毒者としては太宰治や川端康成が有名だ。

しかし、古今東西を通じての最大の麻薬作家を一人あげるとすれば、やはり先にあげたW・バロウズにとどめを刺すだろう。よく、「え？　あの〝ターザン〟書いた人が麻薬中毒だったんですか」と驚く人がいるが、あれは俗に言う「明るいバロウズ」、エドガー・ライス・バロウズである。今言っているのは「暗いほう」のウィリアム・バロウズのことだ。

昨年、彼の実物が登場する映画『バロウズ』が一部で公開されたので日本でも多少話題になった。アレン・ギンズバーグとの往復書簡集『麻薬書簡』はヘロイン、ペヨーテに始まって、ついに幻の麻薬「イエージ」を求めて秘境を探索するまでのドキュメントで、これは一般書として読んでもなかなかにスリリングで面白い一冊だ。

バロウズの単独の小説としては『裸のランチ』と『ジャンキー』の二冊が今のところ手に入りやすい。この両者では『裸のランチ』のほうが圧倒的に作品として優れている。筋らしい筋といって特にない小説だが、全編が奇怪な、あるいは美しいイメージの奔流に沸き返っている。小説というよりはむしろロートレアモンの『マルドロールの歌』のような散文詩の巨編だと言ったほうが近いかもしれない。そのブレスの長い強烈な語り口はセリーヌやヘンリー・ミラー、初期のロレンス・ダレルなどに通じるところがあり、後になってはボブ・ディランなどに血を分かち与えることになる。

この作品は、薬物中毒者がその汚れた血管を通ってのみ辿《たど》り着くことができたひとつの至高点である。

亡くなった澁澤龍彦氏の小文の中に次のような記述を見つけて深くうなずいた覚えがある。つまりＬＳＤによろうが、何十年という荒行の結果であろうが悟りの境地というのは同じものであって、辿り着く道順がちがうだけの話だ、という主旨である。同感だ。

それともうひとつ、僕がこれらの中毒ものにひかれるのは、その魂の欠落のありようをはっきりと手でなぞることができるからである。男が半身である女を求める、女が球の半分である男を求める、それと同じように中毒者たちはその欠落部を注射器による幻覚で埋めつくそうとする。そしてそこにはちょうどデスマスクのように、白い粉でできた哀しい鋳型がひとつできあがる。たぶん、そういった冷え冷えとした哀しみに僕は中毒しているのだろう。

最後の晩餐

最後の晩さんというお題をいただいているが、もしこれが病死するんであれば晩さんもへちゃちゃもないだろう。何かをもりもり食おうなんて元気はないに違いない。ま、せいぜいのところがおかゆをすする程度。だからこのおかゆをスッポンのスープで作っていただきたい。フグでもいい。

さて、病死でないとなると、どういうシチュエイションで最後の晩さんをとることになるのか。

巨大すい星が明日日本に激突する、なんてのがいいかもしれない。みんな一緒に死ぬんであればあきらめもついて箸が進むことまちがいない。

で、何を食べようか。

僕の好物は「広東風焼きそば」である。

麺を油で半揚げの状態にしておく。これに五目のあんをかける。これでできあがり。酢と辛子をまぶしつけて食べる。

しかし、これはどちらかというと昼めしだ。そういえばこの広東風焼きそばにはライスがとても似合う。

最後の晩メシということになると、そうだな。日本酒をまず一本用意してもらおう。銘柄は問わない。辛口で淡白な味わいのものなら何でもいい。

肴は鍋がいい。七輪を出してきて、これに小鍋をのっける。昆布でだしをとって、ちり鍋にする。魚はおこぜなんかどうだろう。豪勢に四尾くらいつぶしてしまう。固くていい豆腐を買ってきて、あとは白菜と、そんなもんでいい。ただしポン酢は、フグ屋で使ってるようないいポン酢にしたい。

肴はまあそんなところである。

問題は「誰と飲むか」だ。

さし向かいで飲むのだから、話題のつきない人がいい。高校時代の親友で、長い間会ってないような人でもいい。

もちろん嫁さんでもいい。

かくしてしんしんと夜はふけていって一升びんがあく。

ゲロもあげちゃったりなんかして。最後の夜に。

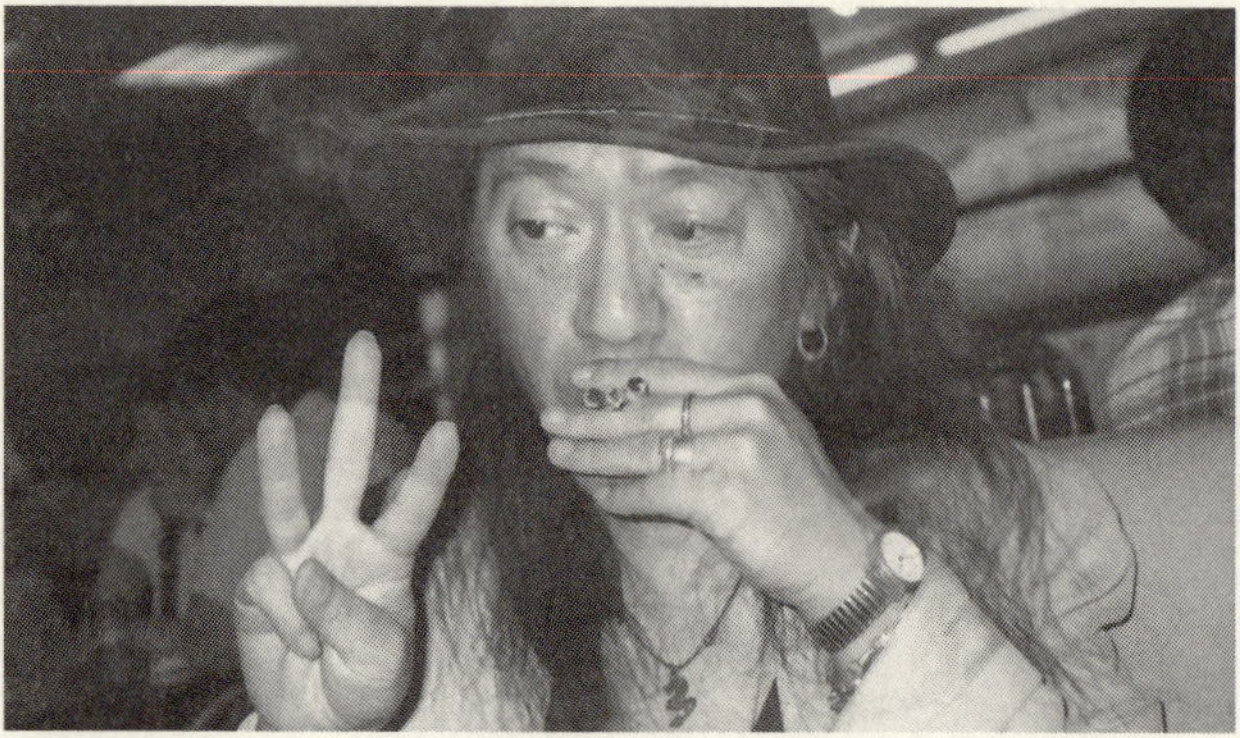

第三章
エンターテイメント職人の心得——文学・映画・笑い

なにわのへらず口

大阪というと、東京の人はまず、「ヤクザ」「商人」「漫才師」の三つの人種しか頭に思い浮かばないようだ。

もちろん、大阪人からすれば異議をとなえたいところはあるだろうが、良きにつけ悪しきにつけ、この三つの人種の印象が強烈に大阪的であることは否定できないだろう。

「がめつい」「えげつない」というのが一般的な大阪商法の印象だろうが、実態はそうストレートなものではない。生き馬の目を抜くようなラフファイトだけではやっていけないふところの深さがこの商都にはある。基本的には、

「頭を下げれば蔵が立つ」

というのが大阪のコンセプトである。志が高いほど、腰は低く保つのがコツなのだ。

「もっとまけろ」「まけられない」

というようなシビアな値段交渉も、ストレートなパンチとキックの応酬ではなくて、「腰の低さ固め」のやりとりで勝負を決めていく。いわば、「腹芸デスマッチ」である。

例を見てみよう。

「もう一声、なんとかならんかいな、ここんとこ」

「ムチャいうてもろたら困りまんがな。んなことされたら鼻血も出ませんがな、わたしら……」

「鼻血？　そんなもん、ここで出してもろたら困りまっせ。どっかよその会社行って出しなはれ」

「かなわんなあ。嫁さんにいじめられたからいうて、腹いせに出入りのもん叩かんといてほしいわ」

「てんごう（冗談）いいなはんな。ウチはうまいこといってまっせ。週三回はキッチリおつとめしとるし」

「週三回！　そら多すぎるわ」

「そうでっか？　お宅は？」

「ウチなんか、盆と暮れですわ。ちんちんにノシ紙つけて」

「お世話になったあの人に……かいな」

「やっぱり、ロクなもん食べてないさかいなあ。毎日キツネうどんでっしゃろ。たまには肉うどん食べさせとくなはれな」

「そら、ぜいたくいうもんや。わたしらこのかたずうっと『素うどん』でっせ」

「素うどん食べて、蔵たててどないしまんねんな」

「蔵もな、お宅みたいに大蔵省やったらええけど、ウチのはただのミソ蔵や」

「よかったら、ウチの大蔵省買《こ》うとくんなはれ。借用証ビシッと詰まってまっせ」

「チリ紙交換に出したら何ぼになるやろか」

「素うどんくらい食えるんちゃいまっか？」

「ハハハ」

「アハハハ」

「ほいで、何ぼにしてくれんねんな」

「かなんなあ、もう。ちょっとソロバン貸しとくんなはれ」

「ほい」

「ほう、五ツ玉でんな」

「ローテーションや、四ツ玉はあかんねん」

「わてはビリヤード自体ようしまへんねん。やりだしたら終わらへんさかい」

「金いってしょうないな、そら」

「そうでんねん。えーと……」

　パチパチパチ。

「んーと。この際や。わても、キツネあきらめて素うどんにしますわ。こんなとこでカンニンしとくんなはれ」

「どれどれ。ふーん。そしたら、これで気持ちよう手え打と」

　パチッ!!

「あっ！　ああっ！　そんなことされたら素うどんも食われへん。汁だけや！」

「汁だけでもちゃんと腹ふくれる」

「かなんなあ。こんな伝票もって店帰られへん」

「ほな、ウチで働くか？」

「ミソ蔵の番しまんのか。カンニンしとくなはれ。ほな、今日はこれで帰らしてもらいますけど、次で面倒みとくんなはれや。ミソ汁で顔洗《あろ》うて出直してきまっさかいな!!」

「……帰りよった。存外しぶとい奴《や》っちゃったな。今日はあんなもんやけど、今度きたら、ギューッといわしたるさかいな」

「タヌキにあんじょうオチョクラれてしもた。ま、そこそこもうかったからええけど。天ぷらうどんでも食《く》て帰ろ」

デマゴーグ

新聞社から電話がかかってきた。「明るい悩み相談室」の件でらしい。

「あの、たいへんなことに……」

「え、どうしたんですか」

「先週の『みそじゃがいも』の件で、東京本社に問い合わせの電話、ハガキが殺到しておりまして」

話さないとわからないのだが、その問題の「みそじゃがいも」の相談というのはこういうものだった。

「私はおばあちゃんに昔、じゃがいもの焼いたのにミソをつけて食うと死ぬぞっ、とおどされました。何でも昔、子供に与えるおやつがなかったお母さんがじゃがいもを焼いてそれにミソをつけて与えたところ、子供はほどなく死んでしまった、というこ

とです。私が、『そんなの迷信だぁ』というと祖母はムキになって、『ほんまやぞ。そんならイモ焼いたるからミソつけて食うてみるか!』と私を脅迫するのです。私も意地になって、『いいよ、食べるよ』と言ったものの、そのときはやはりこわくて食べれませんでした。じゃがいもにミソをつけて食べると死ぬのかどうか知らずに私は死にたくありません。ぜひ教えてください」

という、一主婦からの相談だった。

あんまりアホらしいので僕の答えたのが、

「じゃがいもの焼いたのにミソをつけて食べると死ぬというのはほんとです。昨今ではガンの死亡率を超えて、日本人の死因のうちの実に四割以上が『じゃがいもにミソをつけて食べた』ことによるものではないかと推測されています。現に私の知人のおじいさんも、九十八歳で亡くなるいまわのきわに、『ああ、あのとき、十六のときにじゃがいもの焼いたのにミソつけて食いさえせなんだら死なずにすんだものを』と絶叫しながらみまかったということです」

この文章の出たその日から新聞社に問い合わせが殺到してきているというのだ。

中には四国の高校の先生からのハガキで、

「私は焼いたじゃがいもにミソをつけて食うのが好きで何十年とこれを愛好してきました。私は死ぬのでしょうか」

みたいなのもあったらしい。

「わっはっは。そりゃおかしいですね。わっはっは」

と笑っていると新聞社の人が、

「いや、笑ってないで回答者としてのコメントをひとつ」

どうやら本気で心配している人が多発しているもようなのだ。

僕はハタと考えてしまった。

あやまってしまおう。うん、アタマさげればクラがたつっていうしな。あやまろう。うん、そうしよう。

右から天使がそうささやいている。

左側に僕の広告業の大先達《だいせんだつ》であるニシクボさんの顔がビョーンとあらわれ、いつものポリシーをささやきかける。

「ものごとというのはな、ややこしくややこしくなるようにひっかきまわしていくんや。おさまりそうなものでももういっぺんドガチャガしてややこしいくするんや。そうすると面白くなってくる」

うむ。これも一理あるな。ニシクボさんには金も借りてるしな。よしっ、ややこしくしよう。

僕は新聞社の人に答えた。

「え、その件についてはですね、同じことを何度も言うのはいやですが、ほんとうです。じゃがいもの焼いたのにミソをつけて食うと人は確実に死にますよ。その証拠に最近の心中事件をみてみなさい。みんなじゃがいもの焼いたのにミソつけたのを間にはさんで、『覚悟いいね？』『うん』『じゃ、キミから』『いえ、あなたから』って、じゃがいもが行ったりきたりしてるじゃないですか。ね？」

これが先週くらいの新聞に出たはずで、この原稿を書いてる時点ではまだどういうリアクションがくるか予想もつかないのだが、まあ、ちょっとした騒ぎにはなるだろう。

「健康のためなら死んでもいい」人の多い昨今の日本でございますからね。

かぶく・かぶけば・かぶくとき（1）

猪木のとこの「ザ・グレート・カブキ」。緑の霧を吹いたりする、かなりエキセントリックな奴だが、本人は常識派のおじさんらしい。

フランスの作家でマルセル・シュオッブという人がいる。『小児十字軍』『モネルの書』などが代表作だが、僕はその独得の空気が好きでよく読んだ。ただ、翻訳家に言わせると、シュオッブの文は名文なのだが、訳すにはなかなか困難な文章らしい。日本では矢野目源一という人の訳が決定版のように言われている。なるほど他の翻訳家の訳で同じ小説を読んでみると、素人の僕でも歴然とした差を感じる。矢野目源一氏の訳には、どこかふっくらとして香気のようなものがあるのだ。

そういうわけで、矢野目源一という人をよく知らないままに尊敬していたのだが、ある文学者から彼の人となりを聞く機会があってさらに興味を持った。

その人の話によると、矢野目源一なる人は翻訳者としてはもちろん第一人者だったが、「色の道」の大家としても有名だったらしい。

ある日、某社の編集者が矢野目のところへ依頼してあった原稿を取りに行った。戸を叩くと、しばらく家の中でもぞもぞした気配があって、やがて矢野目が出てきた。見ると、浴衣の前が乱れていて、首すじにくっきりと紅がついている。照れ笑いを浮かべた矢野目から編集者は原稿を受け取ったのだが、この色の道でも有名な作家がどんな女を引っ張り込んでいるのか、どうしても知りたくなってしまった。それで、後で家の四周をこっそりまわって、家の中の様子を盗み見ることにした。そうしてわかったのだが、矢野目は独りだった。家の中には女の「お」の字もなく、矢野目が所在なさそうにぽつんといるだけだった。推理するに、矢野目は編集者の来訪を知ると、着物の前をわざと乱し、自分で首すじに紅をつけたのではないかと思われた。

好色の世評を自分でも意識していて、あえてそういう自己演出をしたのだろう。かなりエキセントリックなところのある人物だったらしい。

文学者には変わり者が多い、ということはよく言われる。たしかにその通りなのだが、変わり方にも二種類あるのではないか、と僕は思う。つまり、ほんとうの変人と奇を衒《てら》っている人の二種である。

正真正銘の変人というのは、物事に没頭してしまうタイプの人で、その結果他のことがお留守になってしまう。はた目から見るとずいぶん社会の規範からはずれたことをしているのに、本人はいっこうそれに気づいていない。だからほんものの変人に、あなたは変人だ、と言うと、猛烈に否定されることが多い。

一方では意識的に「変人」を演出するタイプの人がいる。こういう人は強固な自意識と何らかのコンプレックスを合わせ持っていることが多い。自分が凡百であることに我慢がならないので奇を衒ってみせる。矢野目源一のキスマークなどはこれにあたるだろう。

これは由のないことではないので、矢野目の関わっていたフランス文学そのものが、こうしたエキセントリックな作家たちの宝庫である。

たとえばボードレールは自分の館、ピモダン館に、聖書以外の本を一冊も置いていなかった。ボードレールの博覧強記は人の知るところだったが、彼が読書をしているところを目撃した者はいなかった。努力しているさまを人に見られるのを良しとしなかったのだろうが、それにしても聖書一冊だけを残して、膨大な書籍をどこかに隠しているというのはかなりエキセントリックだ。

もっと極めつけなのは『オーレリア』で有名な詩人のジェラール・ド・ネルヴァルである。この人はパリの人たちが犬を連れて散歩することをおしゃれだと考えていた時代に、「カニ」を連れて散歩に出かけた、という。

こうした奇矯さは、ボー・ブランメル以来のダンディズムと必ず背中合わせになっている。

フランスだけでなく、時代、地理を問わず、文化の爛熟期には必ずこうした衒奇趣味が生まれてくる。日本でいうなら、江戸時代の町奴が奇抜な衣装をまとって「歌舞伎者」と言われたのが好例だろう。

厳密に調べていけば、こうした歌舞伎者たちの生態を系統発生的にたどることはできるかもしれないが、あまり意味はないように思う。セオリーを超越するのが「歌舞く」ということなので、時代、国がちがう歌舞伎者たちに、共通の項はほとんどないといっていい。

これに対して、「変人」はいつの世にも同じ「変人」である。

永六輔さんが初めてサトウハチローさんの家を訪ねたとき、詩人は素裸で前をぶらぶらさせながら応対に出てきたそうだ。これは奇を衒ってそうしたのではあるまい。何か他のことに熱中しておられたのにちがいない。

かぶく・かぶけば・かぶくとき（❸）

テレビをひねったら塩沢ときさんが出ていた。僕の気のせいかもしれないが、あの頭はまたひとまわり大きくなったのではないだろうか。いちど、何年か前までさかのぼって、そこから半年ごとに彼女の頭を見ていくと面白いと思う。あのどこまでも膨張し続ける頭は、最初はごく普通のヘアスタイルだったはずで、それがどこかの時点で日常性と実用性をまたぎ越えて、シンボルやカリカチュアの世界に踏み込んだ、その逸脱点がどこかに必ずあるはずだ。

あの頭は現代のエキセントリシティを語るうえでは、手近にある代表例みたいなものであるが、分類をするなら「陽のエキセントリシティ」に属している。エキセントリシティが陽であるというのは、つまり人の耳目を引きつける、存在を主張するための奇矯さということである。それは目的のために「開かれた吸引力」を持つエキセントリシティだ。

これとは逆に、閉ざされたエキセントリシティ、負のエキセントリシティというものも存在する。わかりやすい例をあげれば、ある種の毒を持つ生物は、それを示すために体表にあざやかな色彩をまとっている。その色彩によって相手を威嚇し、拒絶するわけだが、人間にもそれと全く同じ負のエキセントリシティを発揮する人たちが存在する。たとえばパンクスが金属の鋲を打った衣服や靴を身につけたり、七色に染めたモヒカン刈りを突っ立てていたりするのはその好例だろう。あれは腐った大人たちを近づけない、コミュニケーションを求められないためのプロテクト・ツールである。

僕の知っている人で、東京で小さな出版社をしている中年の男性がいる。この人は頭頂部を円形に、ちょうどカッパのお皿のような具合に剃り上げている。フランシスコ・ザヴィエルじゃあるまいし、今どきの日本でそんな頭をしている人はいない。非常に変わっている。どうしてそういう頭をしているかというと、その人が「変人」だからなのである。

その人は商売柄いろんな人と会うが、会う人からみんな変人だと言われるし、自分でもそう思っている。それで、普通のかっこうをしていて人と話をしていると、相手は自分のことを普通の人だと思って話し始めるが、ある時点ではたと〝あ、この人は変人だ〟と気づくわけである。そうなると、相手の人は心構えができていないから、たいへんうろたえてしまう。それでは気の毒だし、かといっていちいち会う人ごとに自分がいかに変人であるかを一から説明するわけにはいかない。そこで苦肉の一策で、そのヘアスタイルを考え出したわけだ。そのカッパみたいなヘアスタイルをしていれば、初対面でおじぎをした瞬間に相手はその頭頂部を見ることになる。そのカッパのお皿を見れば誰でも、

「あ、この人は変人だ」

と悟ってくれる。説明する手間が省けるうえに、相手にいらざる狼狽を与えずにすみ、一挙両得なのである。

このカッパスタイルなどは、パンクスのような情念的もやもやではなく、論理的整合性のもとに負のエキセントリシティを体現したものといえるだろう。

ところで、陽のエキセントリシティの代表に塩沢ときさんをあげたのは偶然ではない。歴史的に見ても民族学的に見ても、この陽のエキセントリシティを体現する例は、圧倒的に女性サイドに多いのだ。

去年、新聞を見ていたら、タイ国境近くの紛争で保護された人たちの中に、現地山中に住む「首長族」の女性が混じっており、その写真がのっていた。実にびっくりするくらい首が長い。その長い首は、たくさんのリングでびっしりとおおわれている。おそらくは小さいときから成長期にかけて、その輪っかの数をひとつずつ増やして、そういうふうに畸型的に首を伸ばしていくのだろう。写真の説明によると、この部族では首が長ければ長いほど美人だとされるのだそうだ。

肉体の一部を畸型的に誇張することを美の基準にする風習は、ご存じのように世界中の民族に多かれ少なかれ見られることである。ホッテントット族の女性のお尻がそうだし、唇に穴をあけて木型をはめて肥大させる部族もいる。トンガでは女性の美しさの基準はいかに肥っているかということなので、結婚前の女性はある期間、ツルで編んだオリの中に入れられ、一日中大量のイモを食べさせられる。ダイエット狂いの日本の女性にとっては気絶しそうな光景だろう。また、アフリカのある部族にいたっては、美の基準が「小陰唇の長さ」であるという。幼少時から小陰唇に穴をあけて、それにおもりをぶらさげて長くするのである。僕はその写真を見たことがあるが、たしかにその女性の膝の下くらいまで一対のスルメの足のようなものが垂れ下がっていた。

野蛮な、と笑える人はいないはずだ。今の日本人が信奉する西洋型の八頭身美人も厳密に言えば一種の畸型である。コルセットにはじまって、バニーガールのスタイルに結実するあの人工性は、デフォルメされた概念に対して現実の肉体を近づけようとするために強いられる「苦行」である。小陰唇を伸ばす部族と何ら変わるところはない。

ヤな言葉❶

自分の嫌いな言葉を相手が使うので、その人までついでに嫌いになってしまうことがある。たとえば、「生きざま」という言葉が大嫌いだ、という人は案外多い。大嫌いな人が多いということは大好きな人も多いわけで、この言葉を好む好まないを基準にして敵味方の感情にとらわれることだって有り得る。

僕自身はこの言葉は大嫌いだ。なぜ嫌いなのかはよくわからないが、どこかに浪花節的な匂いがするし、幼稚な自己陶酔を感じさせるからだろう。「生きざま」と聞くとつい「酒も浴びれば女も泣かす。それもこれもみぃんな芸の肥やしじゃい。酒や酒や、酒持ってこんかいっ！」といったセリフを連想してしまうのである。本人は気持ちいいだろうが、ヨメはんが気の毒だ。よし、ひとつこのワシが行って説教してやる、みたいな気になってしまう。「男の生きざま」なんかをされるとまわりの人間が迷惑だ。ましてや自分で自分の来《こ》し方《かた》を「生きざま」などと呼んで得意がることのできる人間は、アタマに虫がわいてるんじゃないかと思う。恥じらいの感覚が麻痺している。

「生きざま」が嫌いなついで、といってはおかしいが、「人生」という言葉も嫌いだ。いやな酔っぱらい方のひとつに「人生酔い」というのがある。時間は夜中の一時ごろ、場所は酔っぱらってたせいで間違えてはいってしまったカフェ・バー。相手のおじさんは「ちょっと軽く」のはずが、粘着気質を全開にして僕を三軒四軒と引っぱりまわしてくれた得意先の部長。どろんと淀んで焦点の合わなくなった目でこっちをにらんで、

「な？　中島くん。わかるか。ワシはな、ワシはだな……。おい、聞いとるのか！」

「はい、聞いてますよ」

「そうか、聞いとるのか。ははは。ワシはな、中島くん、生きてきたんだよ」

「はあ……」

「生きてきたんだよ。え？」

「な？　中島くん。こら、中島あっ」

「はいっ」

「……人生なんだよ。わかるか、え？」

「はい、わかります」

「なにがわかりますだぁっ！」

「人生なんでしょ？」

「そうだ。人生なんだ。結局な、人生なんだよ。なあ?」

「はいはい。人生ですよね」

「そう。人生！　じ……ん……ゲボォーッ！」

「わぁっ！」

ゲロをズボンにひっかけられて、夜ふけの公園の水道で一人ズボンを洗う。「何が人生だ、バカヤロめ……」と愚痴が声になって出る。これがつまりいやな酔い方の王道をつっ走るところの「人生酔い」である。

「人生」という言葉は和服を連想させる。なにか説教くさくて、むりやりに人を納得させてしまおうという魂胆がほの見えている。力道山の空手チョップみたいな感じもする。だから嫌いだ。

この「人生」という言葉を逆手にとって遊ぼうと思って、何年か前にある企画を思いついた。京都のマイナー誌に連載した企画で、『ご近所の秘密』というタイトルだった。これはつまり、僕の家に出入りしている酒屋さん、米屋さん、牛乳屋さん、洗濯屋さんなどの「人生」を徹底取材して、その人の「伝記」を書いてしまおう、という試みである。

結論から言うと、この企画は失敗だった。思いつきの軽さに対して、取材する相手の人たちの「人生」が意外に重すぎて、おちょくれなくなってしまったのである。たとえば一番最初に取材したのは、僕が多額のツケを待ってもらっているところの、出入りの酒屋さん「天狗屋酒店」のご主人であった。酒屋さんというのは僕ら素人から見ると、肉体的なしんどさは置いておいて、免許事業だし安定しているし、非常にいい商売のように思う。そういう商売の人の起伏のない人生を執拗に描いていって、全くどこを取っても面白くない「伝記」をつくる。いわば読者への嫌がらせが目的の企画だった。

ところが取材してみると、この酒屋のご主人の人生は起伏に乏しいどころではない、まさに波乱万丈の半生なのである。少年時代は満州で過ごされて、終戦時には決死の脱出行で日本に帰ってきている。九州で電力会社につとめたあと、「おこし会社」で営業マンをする。おこしというのは雷おこしとか粟おこしとかのあの「おこし」である。

最初は羽振りがよかったのだが、景気が上向くと同時に柔らかい洋菓子がスポットを浴び始め、「おこし業界」はジリ貧になっていく。九州から関西へ移り、今の酒屋を苦労して盛り立てていく。実に実直で働き者のご主人で、ましてこんな話を聞かされると、おちょくることなど到底できはしない。

どんな人の人生も重い。のっぺりした人生なんてものはどこにもない。おちょくれない。そういう意味で「人生」というのはやっぱりヤな言葉である。

ヤな言葉❷

さて今回は「たら」のお話である。ちり鍋にする鱈ではない、仮定形の「○○してたら」の「たら」である。

麻雀をしているときに僕はよくこれで泣かされた。半チャンが終わって点棒を見ると、シバ棒が一本あるかないかのハコテンだ。無念きわまって、つい言わずもがなの愚痴が口をついて出る。

「あーあ。あのとき三・六・四索で受けずに七のくっつくの待って六索七索でリーチかけてたらなぁ……」

と、すかさず残りの三人が口をそろえて、

「たらとマスとは北海道！」

無情にも山は崩され、さらなる悲劇が待ち受けている二局目へと場面は進んでいくのである。

誰が言い出したことなのかは知らないが、負けが込んでカリカリしているときにこの、「たらとマスとは北海道！」をやられると、はらわたが煮えくり返る。卓をそのままひっくり返して、相手三人を高手小手に縛り上げ、大屋政子と塩沢ときと女装した愛川欽也が待ち構えるオリの中に放り込んでやりたい、そんな気になる。ただ、冷静に考えてみるとこの「○○してたら」というのは、やはり言うほうが悪いのであって、「○○し」なかったのは自分の判断なのである。それを後になってごちゃごちゃ言うのは、いさぎよくないし他の人を不快にもさせる。喉元にぐっと呑み込むべき言葉のひとつだろう。

話が麻雀くらいだからまだ可愛いが、スケールが人の一生くらいの規模になって、そこにおける「たら」が出てくると、これははなはだ具合が悪い。「あのとき、もうひとがんばりして医大を受けてたらなぁ」とか、「あのとき魔がさして、この女とセックスさえしてなかったらなぁ……」とか「あのとき不用意にハンコさえついてなかったらなぁ」とか、そういう目方の重い「たら」、悔やんでも悔やみきれない「たら」はたくさんある。なかには人の一生のスケールをはるかに通り越して、

「あのとき日本が戦争に勝ってたらなぁ」

だの、

「関ヶ原で豊臣方がもし勝ってたらなぁ」

などという雄大な「たら」を持ち出してくやしがる人までいる。

こういう物の考え方におちいると、人は不幸になる。不幸というのは虎や熊のようにそこに存在していて襲ってくるものではなく、人が「不幸」という名を与えるまでは存在しないものである。「幸福を知るまでは人は不幸ではない」という諺があるが、まさにそのとおりで、不幸は常に「想定される幸福」との対比において初めて成り立つ。「たら」思考の人は、自分が選ばなかった選択肢をイマジネーションの中でたどっていって、そこに架空の幸福を創り上げる。そして、その非在のパラレルワールドとの対比において、自分の不幸を確信するのである。

だが、この考え方は馬鹿げている。人はいつでも何らかの選択をしながら生きているが、その時点その時点では自分に可能なことしか選んではいない。「あのとき勉強していたら」いい大学に入っていい会社に入って、もう少し給料のいい生活を楽しめていたかもしれない。しかしその時点では、その人はどうあがいても「勉強できなかった」からしなかったのである。分かれ道のかなたにバラ色の未来の遠景を見ながら、それでもどうしても他のことの誘惑の引力のほうが強くて、勉強へ進むことが不可能だった。だから「しなかった」のではなくて「できなかった」のだ。

今ある自分というのは、無数にあった分かれ道を、そのときそのときの可能性にしたがって進んできた結果の姿なのであって、「必然の集積」だと言ってもよい。これとピンひとつ分でもちがう運命をたどった自分というものは存在し得なかったからこそ、それは今ここにいないのだ。つまり「たら」はない。北海道に行ってもないのである。その「ない」ものと自分とを比べて、残念がったりするのはナンセンスだ。無の中から不幸を創り出してほんとうに不幸になってしまうだけの話である。

こうした自家製の不幸に加えて、現在ではマスメディアがでっち上げた、これも架空の幸福に対する自分の不幸というものが上積みされる。つまり、岸田秀氏の作った「嫉妬の時代」という言葉がこの構造をうまく説明している。つまり、昔であれば映画のスターなり歌手なりは、誰が見ても納得がいく美貌の持ち主だったり美声の持ち主だったりした。それに加えて、血の出るような努力によって体得した技術というものが輝きを添えていたから、いわゆる普通の人は自分が逆立ちしてもスターになれないことを得心できた。その上での賛嘆の拍手でありファンの声援であったのだ。ところが、今は「普通の人」により近いことがスターの条件になっている。スターと一般人の間には資質的な差がなくなった。スターをスターたらしめるのは、一般人のサンプルとしてその人がピックアップされた運の良さだけだ、ということになる。スターとはつまり宝クジに当たった人なのである。少なくともマスコミの側は、そういう幻想を受け手に与えようと苦心している。そこからは当然祝福と同じ量で嫉妬の感情が湧き起ってくる。

「光ゲンジなんてさ、もし俺が同じオーディションを受けていたらさ」

と、テレビを見ながら若い男の子が言う。ここでも非在の「たら」が増殖して、小さな嫉妬と不幸をまき散らしている。さすがタラだけに子が多いのだ。……しまった。駄ジャレだ。

赤本と民話

リリパット・アーミーの何回目かの公演の前だった。予約受け付けをしていた僕の事務所に、ある中学生の男の子から問い合わせの電話がかかってきた。自分は中学三年生なのだが、リリパット・アーミーの芝居を見てみたい。中学生が見てもいいような内容だろうか、と尋ねてきたのである。

僕はのけぞって驚いた。そして暗然とした。

この子は、ではうちの事務所が、〝この芝居は中学生には刺激がきついです〟と答えたら来ないつもりなのだ。そんなに聞きわけのいいことでどうするつもりなのだろう。見てはいけないと言われるからこそ、丸坊主頭にハンチングをかぶって、つけひ

狼のおなかから出てきた赤ずきん

げをつけて見にいく、それが普通の男の子ではなかったのか。

僕が子供の頃、小学館とかのいわゆる「良識ある」出版社が出している子供向けの本には、きまって「父兄の皆さまへ」というメッセージがついていた。「最近、子供向けの出版物、ことに貸本屋用のマンガなどに、いわゆる〝赤本〟と呼ばれる、低俗で残酷なものが出まわっています。こういう本は、育ち盛りの子供の情緒面に悪影響を与えます。その手の本に注意し、子供に与えるなら弊社出版物のような、教育者の監修にもとづいたものにしてください」

と、こんなようなことが書いてあった。

これを見た僕は、すぐに貸本屋へ「赤本」を借りに走ったものだ。その「赤本」なるものがつまり白土三平の『忍者武芸帳』や、平田弘史の『武士道残酷物語』、さいとうたかをや佐藤まさあきの『影』『街』などだったわけだ。

それに僕は、山田風太郎の忍法帖シリーズなども全巻貸本屋で借りて読んだ。

それらの「赤本」の面白さたるや、脳みそがはじけとぶような気がするくらいだった。

今でもこうした赤本の影響は、僕の中で核をなしている。低俗ではなくて反俗、高まいさを求めるのではなくてエンターテインメントを、ヒューマニズムよりはニヒリズムを、涙よりは笑いをと、今の自分の中核にあるのは「子供が見てはいけない」赤本をむさぼり読んだおかげで得たものだ。

そんな人間がやっている芝居に対して、「中学生ですが見てもいいですか」とは何ごとだと言いたい。

これはおそらく、教育が「掟破り」の芽を摘むのに血まなこになっていることの「成果」だろう。徹底した管理主義によって、学校は「羊製造工場」になっている。その一方では管理に破たんをきたした学校では、生徒の暴力を恐れて、校長が「登校拒否」におちいったりしている。

小学校では運動会でも騎馬戦だのの「暴力的な」ゲームを取りやめ、徒競走の結果にさえ順番をつけない。勉強にしてもしかり。「一番」も「ビリ」ももはや存在しないのだ。

もっとさかのぼっていけば、幼児用の童話やおとぎ話は、ここ数十年ですべて書きかえられている。「残酷な」シーンは削られ、「無惨な」結果はハッピーエンドにすり変えられている。わるいものは必ず改心する。〝おそれ入谷の鬼子母神〟とはまさにこのことだ。とにかく何が何でも改心するのである。

中には『ちびくろサンボ』のように話ごと消滅してしまうものもある。『アンクル・トム』も『ハックルベリー・フィン』も『ガリバー旅行記』もいまや「悪書」とみられているのだ。アンクル・トムは黒人差別、ハックルベリーは少年の野卑な言葉が問題で、ガリバーはリリパット王国の小人が問題なのだ。そのわりには「桃太郎」の覇権侵略主義がやり玉にあげられないのはなぜだろう。

言うまでもなく、民話やおとぎ話は本来不条理なまでに残酷なものなのである。カチカチ山の狸などは本当は婆さんを殺して食べてしまう、人食い狸なのだ。民話はその発生時は非常に「赤本的」なものだったといえる。

そういうものをすべて消毒して、「平等」を重んじ、「従順」に育てた子供が先に述べた中学生のようないい子ちゃんになるのだろう。

そして最終的に彼らが放り込まれるのが、昔も今も変わらない、問答無用の競争社会、弱肉強食の世の中なのだ。赤本よりそのほうがよっぽど残酷な話である。

言語の圧殺を叱る

僕の最終学歴は大阪芸術大学で、放送学科の卒業である。専攻はテレビだった。卒業論文には「放送倫理規定」をテーマに選んだ。その時点ではまさか十年後に自分がテレビ、ラジオ、文章などの表現規制でこれほど苦しめられるはめになるとは予想もしていなかった。

卒論を書くために、各テレビ局の倫理規定に関する文面や過去の事例集などのマル秘文書を手に入れていろいろと参考にした。事例集というのはどういうことが書いてあるかと言うと、たとえば、

「昭和○○年、九州の○○放送のアナウンサーが番組の途中でうっかり〝支那《シナ》そば〟と言ってしまい、反省文を上司に提出した」

というようなケーススタディを綴ってあるわけだ。町の中を歩いていると、さすがに〝支那そば〟という看板は最近ないが、〝中華そば〟というのはたくさんある。これだって考えようによっては微妙なところなのである。「支那」という国は現在の地

球上にはない。その存在しない国の名前を口にしたためにアナウンサーは一筆書かされたわけである。しかしそれを言うならばアナウンサーは「中華民国そば」か「中華人民共和国そば」かのどちらかを選ばねばおかしいことになる。ラーメンひとつ食べるのにもマスコミの世界ではたいへんなのである。

学生であった僕は事例集を他人事《ひとごと》のようにただ面白がって見ていたのだった。それから社会に出て、まず最初は印刷屋の営業マンになった。四年間それをやって、その間にコピーライティングの訓練を受け、いまの広告の世界にはいったわけである。ラジオやテレビの放送台本を書くようになったのは広告界にはいってから何年か経った後のことである。この広告の世界の用語に対する神経の使い方というのはテレビやラジオ台本の比ではない。おそらくは、何かを表現するという世界の中にあっては一番厳しい自己規制を行なっているジャンルだろう。そしてある日、僕はその規制の壁にコツンと頭をぶつけた。自分の書いた広告コピーの中に「あいのこ」という単語があって、それが媒体のチェックにひっかかったのである。「あいのこ」というのはちょっと困ると言われたのだ。

「へえ。だめなんですか、〝あいのこ〟は」

「ええ。ちょっとねえ」

「じゃ、〝混血〟って風に直しましょうか」

「〝混血〟？　とんでもない。余計にいけませんよ」

「そうですか。じゃ、〝ハーフ〟にしましょう」

「〝ハーフ〟っていうのもねえ」

「え？　だめなの？」

「〝ニューハーフ〟ってことばがあるでしょう。あのイメージがあるから、スポンサーサイドではねえ……」

ここらあたりまできて、ようやく気の長い僕にも〝ぷっつん〟の状態が訪れた。

「じゃ、こういうのはどうですか。〝白人と黒人がセックスしてできた、白黒まだらの子〟っていうのは」

「…………」

そのコピーに「あいのこ」という言葉が出てきたのは、商品である食品が「海の幸《さち》」と「山の幸」のうまさを合体させたようなものだったからである。「あいのこ」が使えない以上、このコピーはどう直しても使えようがなかった。丸ごと捨てて、いちからやり直さざるを得なかったのである。それにしても納得がいかなかったのは、では現実にたくさんいるハーフの人たちを何と呼べばいいのか、ということだった。言葉がいけない、ということは禁止した側は、その言葉がさし示す存在そのものを禁忌の存在と見なしている、と取られても仕方がないのではないだろうか。ハーフの女の子や男の子の美しさ、可愛さを憧れの目でながめていた僕にとっては、これは一種キツネにつままれたような感じがあった。

それから何年かして、こんどは広告の世界ではなく、FM局で自分のラジオ番組を持つことになった。だいたいの禁止用語は心得ているつもりだったが、広告コピーと違って広い範囲でかわされるボキャブラリーの中ではときどき面喰《めんく》らうような規制にあうことが多かった。

あるとき、映画監督の井筒和幸氏を迎えて話をしていたのだが、そのときチャンバラの話か何かで「虚無僧《こむそう》」という言葉が出てきたのである。金魚鉢の中にいる僕たちに、ディレクターの声が流れてきた。

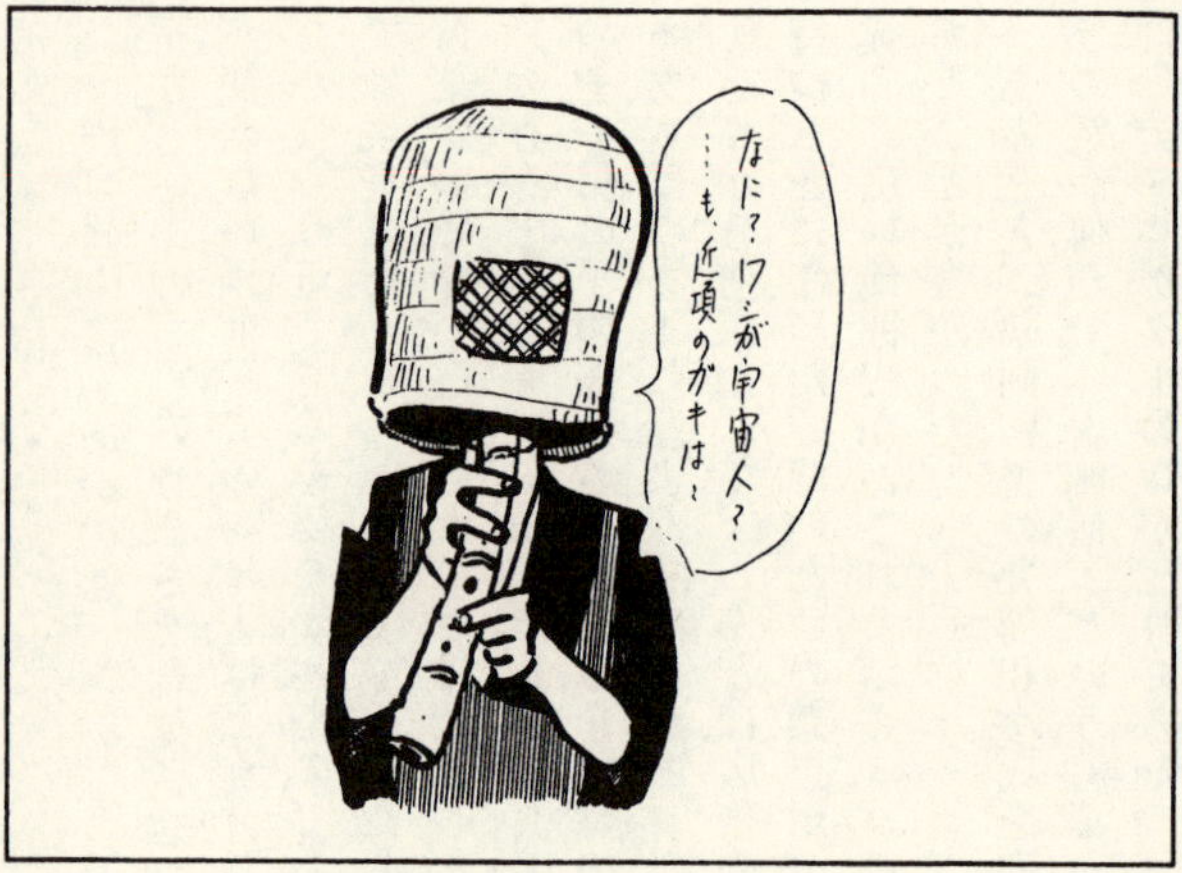

「ちょっと、ストップです。〝虚無僧〟というのはたしか禁止用語のはずですよ」

僕たちは笑った。冗談だと思ったのである。

「〝虚無僧〟が禁止用語だったら、〝巡礼〟なんかはどないなるんや」

「うーん。〝巡礼〟は知らないけど、〝虚無僧〟はだめですよ、たしか」

「じゃ、〝コムサ・デ・モード〟もだめか」

「いや、それは……」

「よし。じゃ、禁止用語かどうか、来週までに調べといてくれ。もしほんとうに〝虚無僧〟が禁止用語やったら、僕は頭丸めて出家したる」

大見得をきったのはよかったのだが、ディレクターが調べた結果、「虚無僧」はたしかにC級禁止用語だったのである。これ

はつまり、「使い方によっては職業差別になりうる要注意語」ということなのだそうだった。僕はそれを聞いて思わず、

「うーむ」

と唸った。言葉の規制の問題が初めて自分の身のまわりのことと実感されてきたのはこの頃からである。

たとえば「乞食」という言葉は放送禁止用語である。これはマスメディアを表現の場とする人間なら誰でも知っている。ではなぜ「乞食」という単語がいけないのか。それに対する国の見解というのはつまりこういうことなのだ。

「日本という国は世界でも有数の福祉国家である。失業者、病気で働けない人などの無産者に対しては国が保障を行なっている。つまり、他国はいざ知らず、日本の社会においては〝乞食〟というものは存在しないのである。存在しないものに対して言葉があるということは、存在するかのような錯覚を人々に与える。したがって〝乞食〟という単語を使うことは好ましくない」

師走の大阪の街を歩いていると、僕はたくさんの乞食を見る。ではあの人たちはいったい何者なのか。国の論理をあてはめていくならば僕は「幻覚」を見ていることになる。

「そうか。私はキチガイだったのか」

と僕はまた禁止用語で自己を認識するのだった。

たとえばいま農村の若い人離れは大きな問題になっている。フィリピン人花嫁の登場に至っては日本の問題だけではすまなくなっている。ここで農村を取材に行ったときに、取材された側は、

「俺たち百姓のところに来たがる若い女はなかなかいないんだ」

という言い方をするだろう。「百姓」というのは本来は「百種類の仕事をする人」なる意の言葉であって、言葉それ自体は現実の農民以上のものでも以下のものでもない。ところが時代劇の中に悪代官が登場して、

「このどん百姓めが！」

と言うと、これは流すわけにはいかない。ここで農村の青年が口にする「百姓」と、悪代官が投げつける「百姓」とはちがう言葉である。響きは同じであっても別の単語である。ただ、マスコミはこれに対しては意味と状況を汲み上げて選別するような七面倒臭いことはほとんどの場合やりはしない。将来はおそらく機械がやるようになるだろうが、「ヒャクショウ」という音を選別して、それに十把《じっぱ》ひとからげに「ピーッ」という代替音を入れていく。これはつまり、面倒臭さの問題ですらなくて、そうしておけば面倒が起こらなくてすむからである。こうした十把ひとからげの刈り込み作業は、作り手の側の意識にも簡単におよんでいく。

「虚無僧」という言葉が使えないならば、そんなものをもとから登場させなければいい。そのほうがスンナリいくわけだ。そうして人々の意識からたくみにマスクされていった結果、では現実にいる虚無僧たち、門《かど》づけをしてまわっている人たちはどうするのか。自分のことを何と呼べばいいのか。乞食の場合もそうだろうが、

「私はあなたの幻覚です」

と言うのだろうか。それとも、

「私は〈ピーッ〉です」

とでも言うのだろうか。

くどいようだが、問題は言葉の響きの中になど存在しない。それを使う人間の意識の在《あ》り方にあるのだ。言葉を抹殺してしまうことは、差別者の本性をさぐり出すための唯一の方法をも手放してしまうことにはならないだろうか。

オリジナルなこと

大阪の若手漫才ばかりが集まったTV特番に出ていたら、その中に「八人漫才」というシロモノがあった。これは通常二人ずつでやっている四組が、合体してやる漫才である。

その中のギャグにこういうのがあった。

八人で揃ってショット・バーへ行こうということになる。カウンターに並んで各自注文をする。

「スクリュー・ドライバー」

「ソルティ・ドッグ」

「モスコー・ミュール」

「スコッチ・ウィズ・ウオーター」

「ウオッカ・マティニ。ドライで」

「ジン・ライム。ダブルで」

「ラム・ロック。ダブルで」

　最後の奴が、

「猿酒。猿を少しにして」

　これには笑った。「猿酒」までなら少しもおかしくない。普通のずっこけである。「猿を少し」の部分がやはりおかしいのである。

　以前、僕も似たようなコントを書いたのを思い出した。

　そば屋へはいってきた中年男。そばを注文する。見渡すと先客が数人、そばを待っている。

　店の者が、一人の客のテーブルへ。胸にキツネの子供の生きたのを抱えている。

「へい、お客さん、キツネでしたね」

　客はキツネを抱くと嬉しそうに頰ずりしながら出ていく。

　次に店員は別のテーブルへ。その後ろには貧乏そうな親子が連れられている。

「へい、お客さん、親子」

　客は嬉しそうに親子に頰ずりしつつ出ていく。

　店員は、男のほうを見て、

「え、と。お客さんは、おかめ？」

男。

「いや。ちょっと用事を思い出した」

「猿酒」とこの「おかめ」は、よく似ている。

そこには共通した発想の構造があるからだ。

ここで仮にこう考えてみよう。

まず、僕が「猿酒」のギャグを見る。〝ははあ、なるほど〟と。でその後「おかめ」を作ったとする。

別に悪いことではない。ひとつのギャグの中に、確立したセオリーがあって、それを使って別のギャグを作ったことになる。「おかめ」そのものは「オリジナル」である。ただし、「オリジナリティ」はない。

「猿酒」にはオリジナリティがある。「猿を少し」の部分で、発想の新しい視座を開発したからである。

「オリジナリティ」とはつまりそういうことだ。発生した瞬間に既成のセオリーに転じてしまう宿命を持っている。そのセオリーが生き残り、増殖していってひとつの体系となるかどうかは状況やパラダイムとの「おりあい」に関わっている。

そのあたりは、記号論や進化論の世界によく似ている。

「オリジナリティ」の悲惨は、常に自分を乗り越えていかなければならない、有為転変のつらさにある。一瞬前の自分が作ったメソッドを踏み越えていかなければ、オリジナリティはオリジナリティ自身でありえないのだ。

「オリジナリティ豊かな人間」にも、同じ悲劇がつきまとう。なぜならオリジナルには、「良いオリジナル」と「悪いオリジナル」があるからだ。

「悪いオリジナル」は、結果として「非オリジナル」である伝統や体系を打ち負かすことができない。

わかりやすく言えば、資質がないくせに独学でギターを学んだプレイヤーは、コピーで腕を鍛えたプレイヤーに決して勝てないのである。オリジナリティを尊重し過ぎるのも良し悪しだ。

僕はそれでたくさん失敗してきた。

恐怖・狂気・絶望・笑い

いい正月だった。

六日間、ずっと遊んでいて、職業上の文字は一字も書かなかった。

六日間、ギターの改造、三味線の修理をしていたのだ。ギターは四、五年前に買った四万円の安物のアコースティック・ギター。これのヘッド、つまりトップの所に穴を開け、「十六面鏡」を取り付けた。これは小さなラッパ状の物で、覗き口から覗き込むと、反対側の広口に十六面の四角に加工したレンズが入っている。それを通して世界が十六個の四角い映像の集積になる。面白いものだ。演奏中にこの穴から客席を覗けば、三十人の客が四百八十人に見える訳だ。

それからボディの右上に八ミリ直径の穴を穿《うが》った。「煙草差し」だ。おれはプレイ中によく煙草を吸いたくなる。だから歌っていない間はこの穴に煙草を立てておく。

さらにボディの裏にでっかい穴を開けて、そこに吸い物椀を逆さにして椀の底に穴をあけて接着した。空洞を腹に直接当てて、ギターの中の音をビビッドに感知するためである。

驚いたのは十六面鏡で、ヘッドから突き出した十六面鏡に「耳」を当てると、何と、ギター全体の音がクリアにリアルに聞こえてくる。ピックが弦に当たる際のノイズから弦をこする指の音、そして撥《はじ》いた弦の震えまでがネックの木質を伝導体にして正確に伝わってくる。偶然発見したのだが、これは驚きであり喜びでもあった。かくして世紀の珍ギター「RAMORIN」は誕生した。

穴をあけた周囲には銀のインクできれいな二重丸が描かれている。完璧だ。

そのほかにはおれの考案したピック、「ラモリンピック・S」と「ラモリンピック・W」を多数生産し、友人のミュージシャンに贈った。指は血塗《ちまみ》れになったが楽しい六日間だった。

さて、今日から仕事始めである。まずは本誌だ。今回は、「恐怖・狂気・絶望・笑い」について書く。厄介な問題だ。まともに立ち向かえば本が一冊出来るだろう。能力は有るがヒマがない。従って今回は十六面鏡を使って、交通整理のような仕事をしたいと考える。

1 恐怖と笑い

恐怖と笑いは構造的に酷似している。

これはギャグとホラーの書き手である、おれだからこそ視えてくる点だ。

ギャグの原型。バナナの皮に滑って転ぶ男。人はそれを見て笑う。しかし転んだ本人にとってはどうだろうか。彼が瞬間に感じるのは、驚き、恐怖、この二つだろう。

恐怖と笑いは通底している。笑われる者と笑う者の感情の差。「彼《ひ》」と「我《が》」。両者の通脈する小さなポイント。鋭く尖った一点。つまりこれは「刃《やいば》」である。刃を相手に対して向けない、ということは、自分に対して刃を向ける、ということだ。笑いも恐怖も実は同一の同じ刃である。向ける方向が違うだけだ。

今、おれは『小説すばる』に『こどもの一生』というホラー小説を連載中だ（あと二回で終了）。ここで内容を言う訳にはいかない。単行本で読んでいただきたい。今までに全く類を見ないホラー小説で、ほんとうに恐い。九年前に、バーで最初にアイデアを思い付いたのだが、思い付いた途端に背筋がゾゾッとした。非常な恐怖に襲われて酒が醒めた。それほど恐い小説なのだ。

ただ、小説全体の五分の四は、とても明るく楽しく笑いに満ちた文章である。様々なエピソードやキーワードやギャグに溢れている。ところが小説がちょうど五分の四まで来たある瞬間、それまで「笑い」の元であったエピソードやキーワード、ギャグの全てが「恐怖」へと反転する。残りの五分の一は恐怖の津波、血と悲鳴のジェットコースターである。前の五分の四の「笑い」は、残り五分の一の「恐怖」を鋭く顕在化させるために、あらかじめ考案・構築されていたものなのだ。この作品はアーティスティックに、光と影で作られている。恐怖をより際立たせるために、笑いという正反対の素材を大量に使用したのだ。あなたは夜、便所に行けなくなるだろう。

こういう構成にしたのは、『007』シリーズの作家イアン・フレミングの影響があるようだ。彼の作品は最初の四分の三くらいはトリビアルなどうでもいいようなことばかりで死ぬほどつまらない。だが最後の四分の一が死ぬほど面白いのである。奇妙な作風だ。それに魅かれた部分がある。『こどもの一生』は名作になる。

映画『死霊のはらわた』を観たとき、おれは腹の中でケラケラ笑った。映画は確かに恐いのだが、おれにはスクリーンの向こうに撮影現場が見えたのだ。

「こいつら、大笑いしながら造ってる」

秀れた恐怖を創れる作家は、秀れたギャグをも創り出すことが出来る。裏と表だからだ。事実、監督のサム・ライミはこれ以降『XYZマーダーズ』などのブラック・ユーモアに富んだ作品を制作し続けている。

2 狂気と笑い

スペインを訪れたときに、ガウディが設計した教会を見た。今なお建築進行中である。完成までにあと百年かかるという。

教会を見た途端に、

「あ。これは狂人の設計したものだ。狂気の産物だ」

と直感した。四角い部分がどこにもない。全て丸もしくはゆるく早くうねる曲線。どこにも中心の無い、いびつな曲線。これは狂気の為せる業だ。異端の教会だ。不具の教会だ。

伝記によると、ガウディの晩年は悲惨だったそうだ。パトロンから見放され、全くの無収入になった。ガウディは街の乞食から金を恵んでもらっていた。ガウディが路面電車に轢かれて死亡したとき、乞食の一人が呟いたそうだ。

「これで金を恵んでやる奴が居なくなった」

笑える話である。彼は自分の生涯に「オチ」をつけて逝ったのだ。狂気の者に出来ることではない。しかし彼の作品は紛れもない狂気であった。そしてその狂気が一種のユーモアを生み出していた。ガウディの教会はおかしい。とても人間的でユーモラスだ。塔の階段を登ることも許されている。おれは登らなかったが、登った友人の話によると、階段は何百段とあり、三分の二まで登ったところ、狭くて不安定で身が縮んでしまったそうだ。ガウディは建物に「遊戯装置」のようなものをいろいろと仕込んだに違いない。ちょうどおれがギターに十六面鏡筒を取り付けたように。宣教のためでない、遊園地のような教会。狂って錯乱して遊ぶための教会。ガウディはそういうものを設計したのだ。狂者であり天才だ。狂気が笑いを内包し、その外側にまた狂気がペインティングされ、その外側にまた……。無限連鎖。それがガウディだ。

おれが生まれて初めて観たホラー映画は『アッシャー家の惨劇』という作品だった。もちろんエドガー・アラン・ポーの小説を映画化したものだ。おれは当時五、六歳だったろう。が、親がおれに観せたかったのはこの作品ではなく、二本立てで並映されていたボブ・ホープ主演の『腰抜け二挺拳銃』だった。お笑いと恐怖の二本立てで、親はおれに「お笑い」を観せたかったのだ。従って先に上映されていた『アッシャー家の惨劇』の上映中、おれは映画館のロビーで待っているように命じられた。両親は館内に入っていった。しかし、そんな理不尽な命令に屈するおれではない。おれは密かにホールの中に忍び込んだ。

スクリーンでは炎が燃えさかっていた。アッシャー家に火事が起きているのだ。その炎の中を一人の狂女が歩いていた。二十五、六歳の美しい狂女。白く長いドレスを着ていてそれに鎖がからまっている。顔も白いドレスも血塗《ちまみ》れだ。青い瞳孔を狂わせて、ゆっくりこちらへ歩み寄ってくる。

恐かった。真空のような恐怖に襲われた。血や鎖や炎が恐かったのではない。女の狂気に恐怖を覚えたのだ。おれは恐怖のあまりに泣いた。作品の上映が終わって館内が明るくなってもまだ泣いていた。泣いているところを両親に発見された。叱声を言われた。やがてボブ・ホープの『腰抜け二挺拳銃』の上映が始まった。おれと両親は三人並んで座り、この喜劇を観た。面白かったような印象がある。笑った記憶もある。だがおれの心の底流には先ほどの恐怖の余韻が脈々と流れ続けていた。その時点ではおれの中で狂気への恐怖と笑いは異質のものであり、恐怖と笑いが表裏一体の一枚の刃であることに気付くだけのゆとりはなかった。それを知ったのはもっとずっとあとのことになる。

「狂気」という点においては『シャイニング』は秀れたホラー映画だ。タイプライターでずっと同じ言葉を延々と打ち続けるジャック・ニコルソン。突出した「狂気」の描写。非常にうまく作られている。念のため。

最後に「狂気」を扱ったおれのコントを添えておく。十九年前の作品である。

コント『果物屋』

（果物屋の店頭に一人で立っている竹中直人。入院姿。腕に見舞い用の果物カゴを持っている。店主登場）

店主　へい、何にしまひょ？

竹中　いえ、あのう。向かいの宇左美病院から来た者なんですけど。毎日、見舞い客が果物カゴをいっぱい持ってくるんで、余っちゃって困ってるんです。これ、お宅で下取りしてもらえませんか。

（竹中、自分の果物カゴを店主に差し出す。店主、それを見て）

店主　うーん、そうやな、これやったら……。三千円で引き取りまひょか。

竹中　はい。よろしくお願いします。

（店主、竹中に三千円渡す。果物カゴを受け取り、それに「六千円」と書いたラベルを貼り付け、店頭に置く。竹中、その果物カゴをじっと見つめ）

竹中　あの、すいません。これ、下さい。

店主　え？　いや、そやかて、それは今、あんたが……。
竹中　……。だって、果物、好きなんだもぉぉん!!
（竹中、果物カゴを胸に抱きしめ、踊る）
〈完〉

3　絶望と笑い

映画『ダイ・ハード1・2』の主人公のキャラクターは面白い。非常に「文句垂れ」なのだ。妻がテロリストの人質となって巨大ビルに幽閉されている。ポリスもFBIも信頼出来ない。従って主人公は一人で救出に向かうしかない。排気ダクトやエレベーターの穴の中を這いずり回りながら、ブルース・ウィリスはいつもぶつぶつ文句を垂れている。

「何でクリスマス・イブにおれがこんな目にあわなきゃならないんだ。あの糞野郎どもが」

時間は刻々と迫ってくる。状況はたいへんに絶望的なのだ。なのに男は絶望の中でグチり続ける。グチの多くは襲ってきたピンチと、ダメな自分へのグチである。グチ自体は意地悪なブラック・ギャグだ。つまり彼はギャグによって己を活性化させ、絶望に対抗する「力」を捻出しようとしている。これは絶望とギャグ（笑い）の正しい位置関係である。絶望と救済。絶望の闇の中にただ一筋見える光の線が「笑い」だ。『ハンバーガー・ヒル』という映画がある。おれは未見なのだが、人から聞いた話ではこうだ。丘のてっぺんに敵軍の巨大なトーチカがある。重機関銃が十何台装備されている。その丘に登ってトーチカに向かっていくアメリカ兵はことごとく銃弾を浴びて、ズタボロの「ミンチ」になるまで破壊される。ミンチだから「ハンバーガー・ヒル」。米兵達がシャレで丘に付けた仇名だ。

これは絶望に対して生まれたユーモアだ。兵士は常に死と絶望に圧殺されようとしている。このまま死の恐怖が続けば、自分は狂ってしまうかもしれない。狂気への恐怖もある。そういう状況で自分をキープしていくためには「笑う」しかない。「ハンバーガー・ヒル」。絶望が生んだギャグである。しかし、それで笑いでもしなければ兵達は「生」の方へ顔を向けることが出来ない。生きるための唯一の手段が「笑い」なのだ。絶望から抜け出す通路が「笑い」なのだ。従って笑うことは生きることである。「笑い」は「差別」だと何度も書いたが、「差別」だから「笑い」が良ろしからぬものだと言ったことは一度もない。この世にニンゲンが一人もいなくなる日まで「差別」は存続し続ける。それを否定することは夢想者にしか出来ない（ジョン・レノンのような）。笑いが差別的構造を持つことと、笑うことが生きることであることとは、全く位相の違う問題だ。笑いはニンゲンに絶対に必要な存在だ。明記しておく。

昔、ジャイアント馬場がドリー・ファンク・ジュニアと六十一分三本勝負をやった。炎天下の日で、ホールは超満員、しかも冷房はなかった。照明がガンガン当たるマット上は五十度以上の温度になっていた。その中で馬場とドリーは闘った。第一ラウンドが終わるまでに三十二分かかった。馬場が取った。二本目は十分くらい。ドリーがスピニング・トー・ホールドでギブ・アップを奪い、タイになった。この時点ですでに二人は汗という汗をかき尽くし、身体に余分な水分は残っていなかった。その身体で二人はそのあと、何と十九分間闘い続けたのである。六十分が過ぎたときには、馬場はもう手足を動かすことすら出来なかった。立つことも出来なかった。だからリングの外へ転げ落ちて倒れていた。もう闘うことは出来ない。終了ゴングが迫ってくる。このとき、馬場の空白の頭に一瞬閃いた言葉があった。それは、

「お母さん」

おれはこの話を伝記で読んで、腹を抱えて笑った。笑いはいつまでも収まらなかった。

「お母さん」

これはギャグなのだろうか。馬場が絶望の中で見つけたギャグなのだろうか。いや、

馬場にそんな芸が出来る訳がない。闘う側と観る側の彼我のズレが笑いを生んだのだ。「お母さん」は絶望の中での「祈り」のようなものであろう。ややこしい結末で申し訳ない。

エンターテイメント職人の心得

僕はいまだかつて、自分の書いている小説を「文学」だと思ったことは一度もない。では何なんだと問われると困惑してしまうが、言葉の広い意味でのエンターテイメントだ、とでも言ったらいいのかもしれない。エンターテイメントというのはつまるところ「職人芸」である。職人芸と、限りなく自由なスタンスを持っている文学とは明らかに違う。ただ、その両者にははなはだあいまいな接合地点のようなものがあって、その辺りが微妙なところだ。

たとえば、ここにエンターテイメントという区切りを作っておくとする。真四角な広場みたいなものだ。エンターテイメント職人はその四角の、スクエアの中にぴちっと自分の創作物を収めなければいけない。ところが僕の場合、往々にしてそのスクエアの一部に破れ目ができて、内容がこぼれ出してしまう。この辺がエンターテイメント職人として未熟な証拠なんだろうが、ただ、はみ出したその部分に自分らしさが出ているような気もする。そのはみ出し部分は名づけようがないので、これがひょっとしたら文学の領域に属しているのかもしれない。きちっと構築する予定のスクエアから何者かがアメーバ状にはみ出してしまうのだ。僕の初めての本になった『頭の中がカユいんだ』(大阪書籍～集英社文庫)にも、比較的最近の本、『永遠も半ばを過ぎて』(文藝春秋・文春文庫)にもそういう部分が出てくる。書いている最中に一種の憑依状態になって、オートマティック・エクリチュールのような頁が何枚も続いてしまうのだ。何故そうなるのかはよくわからない。そういえば若い頃、シュールレアリスムの本をたくさん読んでいたから、そのフラッシュバックかもしれない。アンドレ・ブルトンやポール・エリュアール、ルイ・アラゴンなんかを読んでいた。共鳴する部分が多かった。他にはバタイユやセリーヌ、ヘンリー・ミラー、W・バロウズなんかを読んでいた。シュールレアリスムから逆行して、ボードレールやロートレアモンなんかも読んだ。

「手術台の上の、コウモリがさとミシンの出会いのように美しい」というフレイズは今でも覚えている。ただ、当時はいつも大酔しながら読んでいたので、本の内容のことはあまり覚えていない。作家の印象だけが残っているに過ぎない。日本のものでは稲垣足穂をよく読んでいたような気がする。そういうもののフラッシュバックが今頃になって出てくるのだろう。憑依状態になってものを書くというのはなかなか面白い体験だ。筆が次から次へと走っていく。本人は、

「あらあら」

という感じである。今度一回、全編憑依状態で書いた小説を書いてみようかな、という気もする。しかしこればかりはシラフでは無理だろう。何らかの薬物の助けを借りねばならないと思う。ま、さし当たってはアルコールの助けを借りるのが手っとり早いかもしれない。しかし、そんな意識のたれ流しのような本を誰が買ってくれるのか、はなはだ心許ない。

昨年の十一月までに、ホラー小説を一本書き終える心積もりをしていたのだが、あっという間に半年が過ぎて、いまだに一字も書けないでいる。僕は書き出すと早いのだが、書き始めるまでが長い。小説は一年に一本か、良くて二本だろう。面倒臭いのである。書くのが。話はもう頭の中ででき上がっている。それを原稿用紙にコリコリと書き移すのが邪魔臭いのだ。考えてみると、僕の食事に対する感覚に似ている。たとえば焼きそばが一皿目の前にあるとする。それを皿から胃の中まで移動させる作業というのが面倒臭い。ワープロで書いている人をはた目で見ていると、いかにも「書いている」という感じがするが、僕はワープロがだめで、今だに四百字詰め原稿用紙に鉛筆でガリゴリと書いている。昔はタイプライターに憧れていたこともあった。ヘンリー・ミラーなんかがタイプでカチャカチャ打っている光景なんかを想像すると、いかにも物を書いている感じがした。そういえば、この前またビデオの『裸のランチ』を見た。クローネンバーグが撮った映画だ。W・バロウズの原作は僕の愛読書のひとつで、ここ二十年間に何度も読んでいる。映画の方では『スーパーノヴァ』というタイプライターがしょっちゅう出てきて、これは巨大なゴキブリに鍵盤がついた仕様になっている。

バロウズもミラーもそうだが、一センテンスのブレスが長い。延々と続く文章の洪水を読んでいると、やはり外人は体力があるな、と妙に感心したりしてしまう。

閑話休題。文学と芝居について書く予定であった。文学とは何か、ということについて考えたことは一度もない。若い頃には考えていたような気もするが、忘れてしまった。誰の、どの文学がいい、とか考えたこともない。何事でもそうだが、ある一定のレベルを超えると、そこには「違い」があるだけで、甲乙というものはない。空手とプロレスとどちらが強いか、それに似た論議であって、極めて不毛だ。陸の象と海の鯨とどちらが強いかという論争にも似ている。勝ち負けはない。違いが存在するだけだ。

僕はリリパット・アーミーなる劇団を主宰していて、今年で旗揚げ十年目になる。

ずっと脚本を書いてきた。脚本集を出さないか、というお誘いも多々あったがお断りしている。脚本と小説には決定的な違いがある。小説は自己完結しているが、脚本は違う。脚本というのは、一方に音楽があるとして、そのための楽譜のようなものである。自己完結していない。演じられ、演出されるためにある骨格標本である。そんなものを出版しては、読者の人が迷惑する。どうしても出すなら、ノベライズしてから出版するだろう。

脚本も小説と同じで、書き出せたら早い。八十枚くらいの脚本をたいてい一日か二日で書いてしまう。が、書き出すまでが長い。年に一度は名物のカンフー・ギャグ芝居をやるが、この脚本を書く前には中国関係の本を延々と読み続けていることが多い。たとえば人名ひとつにしても、実際に存在する中国人名を使いたい。よくアメリカの映画で日本人が出てきて、「ミスター・ヤマ」なんて変な名前をつけられたりするが、ああいうことは避けたい。だからたくさん資料を読む。長安の都がどういう都市構造になっていたかとか、そういうことを調べる。ただ、こういった作業が芝居に役立つことはめったにない。それでも調べてしまうのは、職人の業みたいなものだろう。

脚本を書いているときにも「お筆先」状態になることがある。筆が勝手に走ってしまうのである。

「このとき空海、空中高く浮き上がってぐるぐると回転しつつ、五体ばらばらになって四方へ飛び散る」

なんてことが書いてあったりする。はっと我に返るとそう書いてある。書き直せばいいのだが、面倒臭いのでそのまま演出に渡してしまう。演出は目をポチポチさせて、

「ね。これ、人間を浮かせてぐるぐる回すって。どうやってやるわけ？」

「え？」

「え、じゃないでしょ」

「そうだな。中華料理屋の丸テーブルのような奴を持ってきてだな。それに人間を縛りつけてぐるぐる回す」

「それ、あんたが作ってくれるの」

結局、作った。人間まわし機。パイプを組んで。

だから、脚本は楽譜なのである。演奏されるときが楽譜の成仏するときなのだ。

昔はアントナン・アルトーが神様だった。

『演劇とペスト』は何回も読んだ。それが「人間まわし機」なんである。人間、変われば変わるものだ。しかし、それでも胸を張っているのは、「ギャグは崇高」だからだ。

小説を書いているのと、脚本を書いているのとでは、疲れ方の質が明らかに違う。

小説の場合は神経に響く、いやな疲れ方をする。脚本の場合、あまりそれはない。ましてや、舞台に自分が出るとなると、疲れることは疲れるが、非常にいい疲れ方をする。

「終わった終わった。ビール飲んで寝ちまえ」みたいな、肉体労働者的のりの疲れ方だ。これがなくて、一年中小説ばかり書いていろと言われたら、たぶん僕は逃げるだろう。どこへ。小説のない国へ。

この前、『水に似た感情』という小説を書き終わった。バリ島と日本を舞台にした一種の精神小説で、ちょっとカテゴライズしにくい小説だ。これは、毎日五枚ずつ書いた。朝のうちに書いて、昼からは遊んだり、ラジオに出たりする。筒井康隆さんがそういう風にしているというのを聞いて、マネしたのだ。五枚で止めてしまうというのはなかなかつらい。もっと書きたい。でも、五枚でやめる。なかなかストイックでいい按配《あんばい》だった。二カ月くらいで書き上がったが、出来はどうだか知らない。読み返してないからだ。本を読むのは好きだが、自分の本というのはどうも読む気がしない。ただ、自分の本についての書評を読むのは好きだ。中にはとんでもない読み方をしている人がいて面白い。書評を読むのは一種マゾヒスティックな喜びである。自分はマゾなのかもしれない。

第四章　こわい話——不条理と不可思議

ミクロとマクロについて

手塚治虫の超大作『火の鳥』の中に、僕が鮮明に覚えている一シーンがある。それは主人公が火の鳥の力をかりて、この世の極大から極小の世界の真実を全て見てしまうという場面である。主人公は現実の世界からどんどん小さくなっていって、ついに分子、原子レベルのミクロの世界から素粒子の世界に突入していく。そして素粒子のひとつに引き寄せられていくと、その素粒子自体がひとつの宇宙を構成している。その中にはまた無数の銀河や島宇宙があり、その中の惑星にはやはり生物が存在して文明を築いている。

このミクロコスモスの中で主人公はまたどんどん小さくなっていって、この世界での極小単位である素粒子の世界へ到達する。と、それはそれでまた素粒子がひとつのミクロコスモスを構成している。というふうに、主人公は際限なく極小からさらに極小へと無限の変転をくりかえし、それぞれに宇宙があることを目撃するのだ。

このシーンをよく覚えているのは、当時中学生だった僕もこれに似たような夢想を持っていたために、世の中には同じことを考えている人間がいるものだ、と驚いたせいである。相対性理論だの素粒子論などにまったく暗い我々素人にはこの極小の中にまた宇宙があるという考え方は非常に受け入れやすい。この極小宇宙が無限に連鎖しているという考え方を一度受け入れると、そこでは「大きさ」が意味を持たなくなってくる。極小の無限の果てはそのまま極大につながっていると考えればよいのだ。極小がすなわち最大に連なっているメビウスの輪のようなものを考えればよいわけで、これならば「宇宙の外はどうなっている」みたいな概念を考えずにすむ。

落語に『あたま山の花見』という非常にシュールな話がある。この話を感覚的に許容できる人ならばこの宇宙観に抵抗がないと思う。『あたま山の花見』では主人公の頭のてっぺんに桜の木がはえる。近所の人がその桜の木へ花見にきてどんちゃん騒ぎをするものだから主人公は腹にすえかねて頭上の桜の木を抜いてしまう。抜いたあとのくぼみに水が貯まって池ができる。主人公は最後にこの池に身を投げて自殺してしまう。このオチは聞き手に何とも不可思議な感覚を与えるが、四の五の言わずにこの構造を受け入れる人なら、先の宇宙観にも説得力がある。極小は自分の頭の上にできた極大の池の中に飛び込むのだ。かくして宇宙は円環になる。

たとえば太古から宇宙は「自分の尾を呑んでいる蛇」あるいは「お互いを呑み合っている二匹の蛇」によって表わされる。これは「宇宙蛇——ウロボロス」と呼ばれるが、極小が極大の尾を呑んでいる姿はこのウロボロスの図や概念にぴったりと符合する。お互いを呑んでいけば最後には「無」だけが残る円環、といった考え方は、奇妙に我々素人を納得させてしまうのである。もし顕微鏡や素粒子論といったものがなければこの世界観は永遠の真実として我々を説き伏せ続けていたかもしれない。

ミクロの世界を最初に覗き込んだ学者たちの頭にも、あるいはレンズの中にうつる極小世界の予感があったかもしれない。我々の肉眼では見えない極小スケールの中に存在するもうひとつ別の秩序、別の王国。しかし、その予感は裏切られた。たしかに微小世界にも未知の生物はいたのだが、それは小さいなりの機能しか持たない単純な生物でしかなかった。しかしそれにしてもそれは大きな驚きではあったろうと思う。

世界で最初に微生物をその目で見たのはオランダのレーウェンフックという人である。この人はプロの学者ではなく、織物店の店主であった。この人はレンズで物を見るのが大好きで、そのためにレンズの磨き方を学び、自分でも何百もの顕微鏡を作った。このレーウェンフックの顕微鏡はレンズがほとんど球体に近く、倍率は高いけれど非常に見にくいものであった。最高倍率二百七十五倍ではあるが暗くてぼんやりとしか見えないこの顕微鏡でレーウェンフックは自分独自の「コツ」を駆使していろいろなものを観察した。ノミやハチの針、樹木の組織、動物の毛、ハエの頭などである。そしてついにある日、彼はこの世には我々の肉眼では見えないような微小世界にもちゃんと生物がいることを発見したのである。レーウェンフックは非常な驚きと興奮を感じて、そのときの様子をこう示している。

「微生物たちは、レンズの上からのぞいている私に気づくと敬意を表して〝踊り〟を見せてくれた」

この発見は科学史上ではたいへん大きなものだが、しかしそれと同時にこのミクロコスモスの夢想や極大が極小に通底する連環宇宙の世界観はピリオドをうたれた、といえる。

しかし我々素人は頑迷である。たとえば素粒子を考えるとき、この素粒子の密度というのは「大きな体育館の空間の中にゴルフボールが一個ある」くらいのものだというう。その素粒子自体もゴルフボールのような粒ではなくて電位のようなものだとすれば、物質というのはつまり「空」であると考えてもよい。つまりこの極小世界では「無」と「有」は同じ言葉なのである。そのあたりからまた、「有の尾を呑んでいる無の蛇」という宇宙の姿が浮かびあがってきはしないだろうか。

人は死ぬとどうなるのか

丹波哲郎氏の映画『大霊界』を不覚にも見てしまった。バスの転落事故で死んだ主人公の男性が昇天していく横っちょに、いっしょに死んでしまったペットの「犬」の霊がくっついて天に昇っていくところでは大声で笑ってしまった。可愛かったのである。あと、若山富三郎や千葉真一が「神さま」の役で出てくるところも笑った。ことに千葉真一は長髪のカツラをかぶっているのだが、あれほど長髪の似合わない人もいない。吹き出してしまった。

雑誌で読んだところによると、丹波哲郎氏があまり事細かに霊界のことをしゃべるのに疑問を持った人が、

「どうしてそんなことを知っているんですか」と氏に尋ねたところ、氏は胸を張って、

「見たんだから仕方がない！」

と答えたそうである。並たいていの人物にできる返事ではない。

死後の世界について、「嘘でもいいから」教えてほしい、というのは人間の「業」

みたいなものなのだろう。この世の生き物の中で、自分が「生きている」ということを自覚できるのは人間だけであって、「生きている」ことの反対の観念として「死んでいる」状態というものが想定される。その「死んでいる状態」についてさまざまな憶測が生まれてきて、そこに宗教の成り立つ地平があるわけだが、考えてみるとこれは人間のロジックや言語による思考が生み出す錯覚のひとつではないだろうか。「生」の対立概念として「死」というものを持ってくるから話がおかしくなる。「死」という言葉が存在する以上、「死」は存在のひとつの状態をさし示すことになる。つまり「死」は存在形態のひとつとして「在る」ものなのである。ではどういう状態で「在る」のか、というところから死後の世界のような概念が生まれてくる。これが言語がもたらしたそもそもの錯覚なのではないだろうか。

厳密に考えるなら「生きている」の反対概念は「死」ではなくて、「生きていない」でなければならない。「生」というものが「在る」ものならば「生きていない」という言葉は「無」を意味するはずである。「生きている」か「生きていない」か、この二つのありようのどちらかなのであって「死」という状態は想像力によってのみ想定され得る架空の概念でしかない。

「死後の世界」という考え方を一度捨てて「生きていない」状態について考えてみよう。これに関してはジョルジュ・バタイユの「連続」と「不連続」という考え方をあてはめると面白い。ここでの「連続」とは「種」としての生命の縦軸の連なりを示している。これに対して「不連続」とは各個体の死によって起こる断ち切れを示す。たとえば人間という種の生命を考えてみるとよくわかるのだが、人間は極端な言い方を許してもらえるなら、別に死ぬ必要はない。一個の巨大な「原人間」みたいなものがあって、それが新陳代謝をくり返しながら半永久的に生きていく、という存在形式だって考え得るのだ。ただ人間及び地球上の生物はその形態を選ばなかった。多数の個体に分かれて、各個体は死によって消滅するが生殖によって種としての生命は連続していく形態を「選んだ」わけである。一人の「原人間」の形態を取っていれば、たとえば「知識」といったものはどんどん蓄積していって最終的には「神」のような全知全能の存在になり得るかもしれない。多数の個体に分かれる方式では生まれるたびにスタート地点から始め、ほんの少しずつしか進化できないので効率は非常に悪いと言える。ただ、たとえば氷河期や大地震といった地球規模の異変を考えた場合、種の生命が持続する可能性は多数の個に分かれていたほうがはるかに高くなる。原人間ではそいつが死んでしまえば種はおしまいなのだ。多数の個に分かれていればそれらは一部生き残り、適者生存して地球の状況にビビッドに対応しながら進化していくことができる。我々が個に分断され、死の因子を遺伝子の中にプログラムされているのはまさにこのためである。種としてのフレキシビリティを保つためには全体を有限の個によって構成しなければならない。我々の死、つまり個々の不連続が全体の連続を支えているのだ。その意味では我々は「永遠に死なない」と考えても誤りではない。

たとえばひとつの個体を考えるときに、「死後の世界」ではなくて、個体の死からさかのぼっていく考え方をしてみよう。僕なら僕という個体の経た時間をさかのぼっていくと、僕はどんどん若くなっていき子供になり赤ん坊になる。それをもっともっとさかのぼっていくと一個の受精卵になる。僕の僕としての存在はここまでである。ただそのむこうにあるのは死ではなく限りない生なのだ。僕は精子と卵子に分かたれる。精子をたどっていくとそれは僕の父親になり、卵子は母親である。同じ方法で父親を、母親をさかのぼっていくと倍々ゲームに枝分かれしていく先にはほぼ無数の「生」がある。死はどこにもない。そこにあるのは輝く「生」の海であり、種の全体の命がそこにある。無限の生が収れんして僕という結節点を結び、僕を越えたむこう、つまり未来にはまたそれと同じ無限の生が広がっていく。

こういう考え方をすれば「死後の世界」みたいなものはどこにも存在しないことがわかる。僕という個の存在は、僕の精子が一人の女性の卵子と結合した瞬間にその存在意義を完遂している。あとは生きていてもいいし、生きていなくてもいい。唯我論的存在論は別にして、少なくとも種としての生命から僕という個を見ればそういうことである。僕は個であると同時に種の一部である。一にして全であり、全てであると同時に何者でもない。こう考えていくと天国だの地獄だのの虚妄に惑わされることもない。やはり『大霊界』を見てよかった。丹波先生、どうもありがとう。

「偶然」について

いまだに不思議に思っている体験がひとつある。十年近く前のことである。僕はそのとき失業中で、家でゴロゴロして酒ばかり飲んでいた。一人では淋しいので似たような友人を呼んで家に泊めたりしているうちに、何となく家が「フーテンのたまり場」の様相を呈してきた。朝、気がつくと、見たこともない外人が泊まっていて、

「オハヨゴザイマス」

と言われたりして驚くこともあった。そんな状態の頃の話である。その日はCOCOと僕が家にいた。嫁さんと子供は外出していた。COCOは舞鶴出身の女の子で、マイケルというオーストラリア人のアーティストの奥さんだった。僕とCOCOはヒマなので二人とも本を読んでいた。COCOはリビングルームの床にねっころがって、何かぶあつい小説を読んでいた。僕はその隣の和室の畳にねっころがってマンガを見ていた。この二つの部屋は、間のしきりを取っ払ってあるので、僕からはCOCOの姿がよく見える。ただし二人の間は三メートルほど離れている。僕は何となくCOC

Oをからかいたくなって、彼女の読んでいる本を指さし、

「百五十六頁」

と言った。とたんに本から顔を上げたCOCOが、

「えっ、どうして⁉」

と叫んだ。顔色が青くなっていた。そばにいってCOCOの読んでいる本を見ると、開かれているのは百五十六頁と百五十七頁だった。

それまでにも僕には、人が質問をする前に答えを言ってしまって気味悪がられることはときどきあった。ただ、人に尋ねてみると、そんなことは誰にでもあることらしい。長年連れ添った夫婦であれば、たとえば夫が目を動かしただけで奥さんがさっと耳かきだの爪切りだののを出すようなことがある。ツーと言えばカーなわけだが、これも超能力だと言えばそうだし、当たり前と言えば当たり前なのだろう。ただ、人の読んでいる頁数がピタリと当たるというのは普通ではない。事実、僕にとってもそんなことは後にも先にも一回だけだった。僕はそのとき一体何が起こったのかを何度も考えてみた。COCOが開いている本はこちらに背を向けられていたので頁数を読み取ることはできない。仮に僕に向かって開かれていても三メートルの距離では活字は読めない。ただ、開かれている本の小口の紙の厚さでだいたいの見当をつけることはできる。五百頁くらいの本で、三分の一くらいのところなら百七、八十頁目くらいだろ

う、くらいの目分量はできる。ただピタリと当てる可能性というのはおそらく確率にしても何十分の一かになるのではないだろうか。超常的な知覚が働いて紙の厚みから頁数を測定したのだろうか。それよりも僕がＣＯＣＯの心を「読んだ」と考えるほうが自然な気もする。僕かＣＯＣＯかのどちらかに潜在的なテレパシー能力があって、そのときだけうまくチャンネルが合ったのかもしれない。

三つ目の可能性としては、ＣＯＣＯが嘘をついた、ということが考えられる。僕が「百五十六頁」と言ったときにたまたまその近くを読んでいて、僕が気づかないうちに素早く頁をくって百五十六頁を開いた。ただ、僕はずっと目を離さずに見ていたけれど、そんな素振りは一切なかった。万が一にもそういうことであったにせよ、そういうお茶目は後でバラすものである。また、そういう演技力のある人ではないのだ。

結局のところ、僕はテレパシー説で自分を納得させていたのだが、最近もうひとつの考え方があると知った。心理学のユングが提唱した「シンクロニシティ」の概念がそれである。これは「原因のない結合の原理」、わかりやすく言えば「意味のある偶然」といったことである。世の中には偶然と片づけるにはあまりにも「偶然性の低い」ことがある。天使のいたずらと考えたほうがはるかに納得がいくような、そういう偶然である。たとえばユングのあげるシンクロニシティの例をひとつ紹介しよう。フランスの詩人でエミール・デシャンという人がいた。デシャンは学生時代に寮でフォルギブという人にプラムプディングを少しもらった。当時のフランスでは非常に珍しいお菓子で、とてもおいしかった。それから十年後、デシャンはパリの某レストランでショーウインドウにプラムプディングがあるのを見つけた。学生時代に味わった美味を思い出したデシャンは、レストランにはいってそのお菓子を買おうとした。だが、店の人は申し訳なさそうに、

「あいにくですが、フォルギブ様がご予約ずみなので……」

それから数年後、デシャンはあるパーティに出たところ、プラムプディングが出てきた。デシャンは会場の人に「フォルギブ様のプディング」の話を面白おかしく話した。そのときドアが開いて、店の人が大音声で、

「フォルギブ様のお成りい」

これがつまり「意味のある偶然」の例である。ユングの主張によれば、こうしたことは人間が極度に疲労したり失意に落ちたりしたときに起こりやすいという。ユングはこれを「観念の敷居の下降」と表現している。ただ、こうした奇妙な偶然について言及したのはユングが初めてではない。中世の大スコラ学者、アルベルトゥス・マグヌスが次のように述べている。

「事物を変革せしむるの力、これ人間の魂に備えられ、他の事物ことごとくを人間の魂に隷従せしむるなり。魂が愛あるいは憎み等の感情過剰に赴く時、かかる現象のな

かんずく著しきを知る。しかるが故、人間の魂にしてひとたびかかる感情過剰に赴くことあらば、魔術にて事物をたばね、これを望むがままに変革し能うこと、実験によりて証を立てらるるところなり」

生命力が弱っているときにシンクロニシティが起こりやすいというユングとは逆で、感情がたかぶるとその感情に添った偶然が起こるという説だ。僕もこれに賛成である。事実、非常に想いがつのったときに銀座の歌舞伎座の前でその想う相手にバッタリ出会ったことがあるからだ。強烈な思念は偶然性をたぐり寄せる磁力を持っている。ついでに言うと、このアルベルトゥス・マグヌスの文はコリン・ウィルソンの『世界不思議百科』（青土社）で見つけた。僕がこの前書いた芝居、『スプーンの上に天使何人とまれるか』では、このアルベルトゥス・マグヌスが主人公格で出ている。この脚本を書くまではこの人のことは全く知らなかった。その人の文にまた出会ったので驚いている。これもシンクロニシティなのだろうか。

こわい話

心臓がギュッと縮みあがるような経験を、半月ほど前にした。車を運転していて、すんでのところで高校生をひきかけたのである。宝塚市の自宅から大阪にある事務所まで、僕は自家用車で往き帰りしている。その日も、通い慣れたる田舎道を転がしていたのだった。僕の家の近所は新興の住宅街なので、小さな子が多い。それに加えて、僕は自分の娘が二歳のときに軽トラックに巻き込まれたという経験を持っている。そのときは子供が小さかったので、車の下を奇跡的に転がり抜けて、頭を六針縫うだけのケガですんだ。そんなことがあるので、運転は慎重である。ただ、そのとき走っていた道は、対向二車線の比較的広い道で、間断なく車が走っている区域である。流れにのってスイスイ走っているその日の前に、いきなり自転車に乗った高校生が猛スピードで突っ込んできた。僕の走っている道と直角になった路地から、道路と垂直にビュッと飛び出してきたのである。その路地自体は家と家にはさまれた小路なので、飛び出してくるまで自転車は見えない。咄嗟にブレーキを思いっきり踏んだが、そのままでは間に合わない。もろに自転車の横っ腹に激突してしまう。ブレーキを踏みつけつつ、右へハンドルをきって、対向車線へまわり込んだ。ほんとうに数センチの差で、車は自転車をよけ切った。ニキビ面のその高校生は、何を考えているのか知らないが、そのまんま素知らぬ顔で自転車をこいで先へ行ってしまった。追っかけて怒鳴りつけてやりたかったが、それよりも自分の心臓を鎮めるほうが先である。僕は車を道沿いに止めて、ハンドルの上に額を押しあて、深呼吸をした。心臓は何者かの手でわしづかみにされているかのように縮んだり膨張したり、それをおそろしい早さでくり返していた。全身のアドレナリンはまだ分泌をやめないようで、肘から下や顔面の皮膚の裏にざわざわした波が立っていた。冷静にそのときの状況を考えられるようになったのは二十分くらい後である。それまでは、〝もう少しで人を殺すところだった〟〝殺さなくてよかった〟このふたつの思いより先に考えがいかなかったのである。冷静に考えると、いくつかの幸運のおかげで人をひかずにすんだのだ。まず、自分が寝不足とか宿酔《ふつかよい》とかの状態でなかったこと。スピードをそれほど出していなかったこと。そして何より、乗り入れた対向車線、及び僕の後ろに車がいなかったことＥＴＣである。自分の娘がたすかったことといい、今回のことといい、僕には何か強い守護霊がついているのかもしれない。僕のような不信心者でも、何かしらそう信じたくもなる。ところで、今考えてみると、僕の視野の中に自転車がとび込んできたのと、ハンドルをきるまでの時間というのは、おそらく一秒の何分の一かのほとんど「瞬間」であったはずだ。思い出すとその何分の一秒かの間に、僕はずいぶんとたくさんの考えごとをしている。それを全部述べるとこうなる。〝あっ、高校生だ〟〝いかん、ひいてしまう〟〝ブレーキ!〟〝だめだ、間に合わない〟〝右へ切って対向車線に〟〝民家にぶつかるかも〟〝それでもいい〟〝対向車に〟〝車同士の方が人をひくよりマシだ〟〝でも間に合わないかもしれない〟〝人を殺してしまう〟〝もうみんなおしまいだ〟〝新聞にのる〟

普段、これだけの速度でものが考えられたらなどといま呑気なことが考えられるのも、自分が幸運だったからこそだ。読者諸兄も、くれぐれもご注意を。

日常の中の狂気

かなりこわい話を書く。

僕の友人が住んでいたアパートは、壁が薄くて隣の部屋の物音がよく聞こえるような安普請《やすぶしん》であった。彼の隣の部屋には若い女性が住んでいたが、しょっちゅう人が訪ねてくるらしい。彼氏なのか友人なのかはわからないが、いつも話し声が夜中までしている。僕の友人は、その女の人の顔をまだ見たことがなかったので、少なからず興味があった。ある日、例によって話し声が聞こえてきたので、これが彼氏であればそのうち一戦おっ始まるかもしれない。そういうけしからぬ期待に胸ふるわせた友人は、ついに部屋の物干し台のところから隣の物干し台に飛び移り、女の部屋の中をのぞき込んだのである。部屋の中にいるのは、女一人だけであった。二十代後半くらいの、やせて長い髪のその女は、壁に向かってきちんと正座し、壁の一点を見つめてしきりに話しかけていたのである。友人は背筋がゾッとして、音を立てないように自分の部屋にもどったそうだ。

一人で壁に向かってしゃべりかける、というのが精神病の域にはいるのかどうか、僕は知らない。彼女は「役者」を職業としているのかもしれないからだ。たとえば桂枝雀師匠は電車の中でも口の中でぶつぶつ落語をやるので、周囲の人から非常に気味悪がられるそうだ。僕が前に住んでいたマンションにも、ちょっと普通でないおばさんがいた。この人はベランダでふとんを干して叩きながら、のべつ幕なしにしゃべっているのだ。

「ああ、こんな天気のいい日はふとんを干さんといかんのやわ。重たいふとんをこうやって陽に干して、腕が疲れるのにこうやってバシバシ叩かんといかんのやわ。こうやってバシバシ叩いたら、ほら、こんなにホコリが出てくるけど、こんなもんではすまない。まっだまだこうやってバシバシ叩くんやわ」

ずっとこうしてしゃべっているのである、このおばさんはたしかに変ではあるが、入院加療が必要なほど変だとは思えない。むろん医者に言わせれば何らかの病名がつくのだろうが、彼女がそうやってふとんを干して立派に主婦役をこなしている以上、これは「病気」ではなくて「奇癖」と見てあげるべきだろう。狂気と正気との混在する、ニュートラルな部分の幅をかなり広く取っておかないと、都市における生活などできないからだ。たとえばマンションというのは自分を世界から完璧に隔離してくれるが、それはつまり自分を「正気でいなければならない」世の共有空間から解き放ってくれることでもある。その中でたとえば僕が「素っ裸になって頭にカボチャをくくりつけて都はるみの歌を歌いつつオナニーをする」というのが趣味であったとする。これは明らかに普通ではない。が、それは「正気」という非在の状態に照らしてみて「変」なのであって、各自がそれぞれに抱いている個々の狂気と比較すれば、「普通に」狂っているに過ぎない。正気というのは抽象概念であり、どこにも「この人こそ正気だ」という人間は存在しない。つまり正気とは非常に稀有な狂気の一形態だということもできる。

他者の狂気、自分の狂気に対して寛大でなければ、とても街では生きていけないのだ。

地球ウイルスについて

　ずいぶん昔、シシ鍋でも食べようというので猪の名所の丹波へ旅行したことがある。そこで異様な光景を見た。箱庭のように小ぢんまりとした城下町の表通りに面して、何軒かの肉屋がある。そのうちの一軒の店先の路上に、猪が二匹、ごろんと転がされているのだ。その大きさに驚いてこわごわ近づいて至近距離からながめてみた。猪は、射たれてからそう時間がたってはいないようで、路上に鮮血がしたたっている。さわればまだ温かみが残っているのかもしれない。

と、視界のすみで何やら動いているものがある。よく見ると、それは松の実ほどの大きさの、巨大なダニの大軍だった。そいつらは猪の巨体の毛むらの中からザリザリと這い出してきて、いまや一列に隊をなしてキャラバンのように一方向へ進んでいきつつあるのだった。おそらくは、宿主であった猪の体が段々と冷えてくるので、異変を悟って這い出してきたのだろう。こんな大きなダニを見るのは初めてだし、その数も何百何千である。それが隊をなして一方向へ進軍していくのだから、あまり気持ちのいい眺めではない。しかし、一面では哀しい光景でもあった。「死の行進」というのはこういうことをさすのではないか。ダニたちは、新しい宿主である生きた猪を求めて、こうして移動しているのだろう。これが山の中であれば、万に一つの可能性で別の猪に行き当たるかもしれない。しかしここは街中の、肉屋の前のコンクリート道なのである。全軍が車に踏みつぶされ、鳩や雀のエサになるのは目に見えている。バカな奴らだ。

しかし、考えてみると、人間というのはこのダニのことを笑えない。むしろ、ダニよりたちが悪いのではないだろうか。ダニの場合、宿主である猪が射たれて死んだのは何も彼等のせいではない。しかるに、人間の場合は自分で自分の宿主である地球を死滅させようとしているのである。

地球をひとつの生命体と考えるガイア理論のような考え方でいくと、地球上の生物というのはいわば猪の体表に宿ったダニよりも、数スケール小さい細菌のようなものかもしれない。しかし人間以外のもの、たとえば植物やウイルスや動物などは、地球と共生関係にある。植物などはその最高の例であって、大気中に酸素を作り出し、地球の外側をふんわりと保護してくれている。オゾン層で宇宙線をさえぎり、隕石《いんせき》を大気中で燃やしつくしてくれる。地表を安定させ、砂漠化をふせいでくれる。つまり、ガイア＝地球にとってはいいことずくめである。

それに対して人間というウイルスは何をしているのか。焼き畑農業でアマゾンを焼き払い、割りバシがいるといっては森林を切り倒し、土をコンクリートで埋めつくし、毒物をたれ流し、生態系を狂わせ、油田を掘りつくし、プラスチックを堆積させ、山を崩し、海を埋め、ガスで地球を生あたたかくし、気候を狂わし、氷山を溶かし、オゾン層に穴をあけ、核爆発をあちこちで起こし、ＥＴＣＥＴＣ。

これはどうみても、地球にとっては「疫病」のウイルスである。納豆菌だのビフィズス菌だのといった平和なものではない。人間は地球にとっては死をもたらすウイルスである。どんなに巨大な生物でも、ウイルスによっては死に至るように、ガイアだって不死の生物ではない。

ウイルスがそうであるように、害が出るかどうかはそのウイルスの物理的な数量による。一万年前なら、人間は地球にとって無視すべき個体数でしかなかった。それが今や、陸地のほとんどをびっしりと埋めつくしているのである。

飛行機の窓から下を見ると、僕はときどきゾッとすることがある。平野を埋めつくした上に、山の中腹までビッシリと這いのぼっている人家の群れを見ると、それが何か昆虫の巣のように見えるのだ。植物の茎をビッシリ埋めているカイガラ虫の群れのように、それはおぞましい感じを与える。〝増え過ぎだ〟と思う。自分がその中の一員であることを棚に上げて、そう思ってしまうのだ。

たとえば、細菌に犯された人間の体には、抗体というものが発生する。地球にも、どこかの時点で、この「人間に対する抗体」が作られるのではないだろうか。それは我々の知性では想像もつかないような形であらわれるのではないか。人間の天敵のような、新しい生命体かもしれないし、病気、狂気、天災のような形をとるかもしれない。

人間には悪いけれども、いっそ、そのほうがサッパリするかもしれない。人間はすでに充分おごり楽しんだではないか。その醜い姿を消して、地球をそれ自身の手に返してやっても罰は当たらないだろう。あ、罰が当たったから滅びるのか……。

婆あ顔の少女

この前、締め切りが山のようにたまっている間を縫って、その日で上映が終わるというギリギリのところをつかまえて『ヘルレイザー2』と『アメリカン・ゴシック』のホラー二本立てを見た。『ヘルレイザー2』は、「血の本」シリーズで有名なクライブ・バーカーの製作になる『ヘルレイザー』の続編である。前作とのからみ具合にこだわり過ぎたのか、なにかゴタッとしたところのある映画だが、それなりに面白かった。ことに石造りの建造物の屋上が地平線まで無数に連なっていて、ちょうどICの表面を顕微鏡で見たように、複雑怪奇なラビリンスを構成しているという「地獄」の描写などは非常に面白かった。どこかにノスタルジィを感じさせる、自分の夜々の悪夢の風景にとてもよく似ている。

併映の『アメリカン・ゴシック』は何とロッド・スタイガーが主役だ。監督は『ヘルハウス』のジョン・ハフである。映画自体は何といったらいいのか、「予算が二千万円しかないんだけど何とか一本かっこうつけてくれませんやろうか」みたいなノリで製作させられたんじゃないだろうか。森と家ひとつと人間だけの、超低予算の映画である。若者たちが乗った軽飛行機が小さな島に不時着してしまうのだが、ここには奇怪な一家が住みついている。その一家の主人がロッド・スタイガーなのだが、この一家は開拓期のプロテスタント風の戒律を固持していて、家は二百年前そのままの生活形態である。テレビはもちろんのこと、ラジオもガスも電灯もない。食事の前には必ず神に祈りを捧げ、若者たちに対しては煙草を喫うこともセックスをすることも許さない。悪魔の所行だとこれをののしり、禁止するのである。このモラリスティックな夫婦には子供が三人いるのだが、正確に言うと「子供」ではない。長女のファニーはとうに四十を過ぎたと思われる中年のデブ女なのだが、フリルのついた子供服を着て、自分のことを十二歳の少女だと思っている。男兄弟のウディとテディも脂ぎった中年男なのだが、それぞれ自分のことを子供だと思っている。両親はこの「子供たち」をときにはたしなめ、ときには一緒に遊んで「親ごっこ」をしている。つまり、この一家全員が狂人なのである。島から出るに出られなくなった若者たちは、この狂った「子供たち」の遊びにつき合わされ、ある者は崖っぷちに立てたブランコで、ある者はナワ飛びのナワで、次々に惨殺されていく。最後まで生き残った女性主人公はついには発狂してこの家族の一員となってしまう。この映画にはこの後、まだドンデン返しがあるが、いずれビデオで出るだろうから言わずにおこう。

ここでわざわざ取り上げるまでもないような低予算のB級ホラーなのだが、この映画の唯一の見所は「自分を子供だと信じている中年」のぶきみさである。ヒッチコックの名作『サイコ』では自分を「母親」だと信じ込む、二重人格の青年が登場するが、これと同じ恐さだと言っていい。

この恐さの系列をたどっていくと、『世にも怪奇な物語』の中のフェリーニの作品に行き当たる。これはロジェ・バディム以下三人の監督の手になるオムニバス映画だが、誰に聞いてもやはりこのフェリーニの作品が一番恐かった、と言う。主役はテレンス・スタンプが演じる神経症の芸術家である。この男は行く先々で「マリをつく少女」の幻覚を見て、それに悩まされる。いつもマリをついているのだが、この子がゆっくりと顔を上げるとその顔は「老婆」のようなのだ。映画は最後に少女がテレンス・スタンプの生首をマリのかわりについているところで終わる。

つまり、「子供の体に老婆の顔」、あるいは「子供の心に大人の肉体」、こういうアンビバレンツがひき起こす恐怖はひとつのテリトリーを成しているようだ。

天井の上と下

さて今回はこわぁい実話をふたつ。毎回ホラーのあれこれについて書いているが、怪物が出てきて最後にはやっつけられてくれるホラー映画や小説などは、現実のこわさに比べると非常にタチがいいといえる。単純明快で実にサッパリしている。僕がホラー好きなのは、それが現実の救いのなさやドロドロした人間性を引きずっていないからでもある。

知人が結婚して貸マンションに住むことになった。楽しい新婚生活が始まったのだが、そのうちにその楽しさに水をさす人間が出てきた。一階下の、ちょうど真下に住んでいるおばさんである。奥さんが掃除機などをかけていると、そこをめがけて下からほうきで天井を突いてくるのだ。アパート住まいなどをしていて夜中に大きな音を

たてたりすると、こういうやり方で注意をされることはよくある。しかし、そのおばさんの場合はそういう尋常な範囲をはるかに越えていた。奥さんや夫が別に大きな音をたてるわけではなくて、ただ歩いているだけで、下から突いてくるのだ。それも、たとえば食卓から台所の流しまで歩いていくとすると、その歩く足元の一歩一歩をまるで見えているかのようにコンコンコンコンと突いてくる。三カ月ほども我慢していたのだが、ついにたまりかねた夫がマンションの管理人のところへ相談にいった。

「うちの真下に住んでる人なんですけどねえ、ちょっとおかしいんじゃないですか?」

「ええ、もちろん。おかしいですよ」

夫は言葉を失った。

「今までの人は一週間も持たずに出ていったんですが、おたくは三カ月も持ってるから大丈夫かと思ってましたが……」

たまらない話だが、まあ買ったマンションでなかったのが幸いだろう。

ところで次の話も実話だが、また聞きのまた聞きなので細部はちがっているかもしれない。漫画家の川崎ゆきおさんが僕の知人に電話で話してくれた話だが、あまりに薄気味悪い話なので、知人は自分一人で抱えてるのがこわくなり、人にしゃべりまくっているのである。僕もこの恐さを薄めるために、読者に分散することにする。

川崎ゆきおさんは「ガロ」でデビューして「猟奇王」などの作品が有名だが、メジヤー路線の人ではないので収入は多くない。そこで漫画を書くかたわら、自分の住むアパートの管理人もしている。そのアパートに一人、自閉症気味の男の人が住んでいた。この人がある日、手ちがいでトイレの水をあふれさせてしまい、あふれた水は下の部屋にしたたり落ちてしまった。下に住んでいたおばさんはカンカンに怒って、その人に厳しく注意をした。それ以来、男の人は自室のトイレを使わず、公園のトイレなどで用を足すようになった。もともと自閉気味だったその人は、そのうちにあまり外にも出なくなった。ところがある日、男の部屋から深夜にドシーンドシーンという大きな音が聞こえてくるので、下のおばさんはまた怒って文句を言いに行った。ドアをノックしたが誰も出てこない。それ以来、おばさんは上の部屋の男に注意を払っていたが、まったく男の姿を見かけない。ただ部屋にいるらしい証拠には、電気のメーターなどの計器類が動いている。それからしばらくして、また夜中にドシンドシンと音がした。おばさんはまた上にあがってドアをノックしたが、中はヒッソリとして誰も出てこない。あんまり様子がおかしいので、それから何日かして、管理人である川崎さんはその男のお母さんを呼んできて、立ち会いのもとに男の部屋の鍵をあけた。男は首を吊って死んでいた。すぐに警察を呼んだが、その男の母親は後で警官にこう尋ねたという。

「息子はストッキングをかぶって死んでいたのですか?」

銀行強盗がストッキングをかぶって顔をわからなくするように、男の顔は溶け崩れてボヤけたようになっていたのだ。死後二カ月ほどたっていた。では夜中のあの音、動いていた電気、ガスのメーターなどはいったい何だったのだろうか。

マンションやアパート住まいは気楽でいいけれど、こういうこわい目にあうことも覚悟した上で借りましょう、という話でした。

日本は中世か

日本は中世か、とタイトルにしたのは、またもやあちこちで「魔女狩り」が始まりかけているからである。契機となったのは宮崎某の幼女殺人事件である。まずここで「おたく族」がやりだまにあげられた。「おたく族」とは少女マンガやアニメのマニアの総称である。年に何度か開かれるコミック・マーケットのようなものに行って、先鋭化したマニア向けの同人誌を買いあさる。情報交換などをするときに、

「おたくの場合さあ……」

といった口調でしゃべるので「おたく族」と呼ばれる。宮崎はこの「おたく族」だったのか、部屋の中に多数のアニメビデオや専門誌を置いていた。こうしたアニメやコミックの中ではロリコンものやパロディポルノに需要が多い。人気番組のキャラクターを使ってエッチなことをさせる。同人誌の多くはハッキリと性器を描いた、完全なポルノである。ロリコンものにしても、現実の少女を使うとたいへんなことになるが、アニメやコミックですれば問題はさしあたって起こらない。そういう世界では、

たとえば八歳の少女とセックスメカノイドとの激しいセックスが描かれたりする。僕もいくつかのそうしたコミック誌やアニメを見たが、これはたしかに立つ。おたく族の青年が、もはや現実の女性にセクシュアリティを感じなくなる、というのもよくわかる気がする。ところで、おたく族を現実逃避だの男性性の欠如だの気味悪いだの小肥り色白だのと陰口をたたくのは勝手である。そうした陰口は吐いた本人の品性貧しきをあらわすだけで、実際に論陣を張れば、シャープで理知的なおたく族の前ではひとたまりもないだろう。おたく族というのは実際、一本のアニメをより理解するためにフィリップ・K・ディックから南方熊楠《みなかたくまぐす》まで読んでしまうような、そういう人種だからである。ところがここに至って、宮崎某がおたく族であったという事実が、世のおたく族嫌いを有頂天にさせているようだ。「宮崎＝おたく族」であっても、この場合逆もまた真なりとはならない。正しくは「宮崎＝おたく族のうちの一人」である。しかし、魔女狩りをする群衆には理も否もありはしない。現実にあるロリコンアニメを突きつけては、どうだどうだと迫る。

「お前も、こんなことしてみたいといっつも思ってんだろうが、え⁉」

もちろん、彼らはそう思っている。思って思って自分と闘った結果、道義的責任のないアニメの世界に安住場所を見つけたのである。二次元の世界にしか欲望の対象を持たない彼らは、およそこの現実の中では一番犯罪を起こしにくい人種なのだ。嘘だ

と思うなら、この世の中からロリコンアニメをすべて撤収してしまうといい。そうして幼女姦がどのくらい増えるかを統計的に見てみればわかるはずだ。その場合、幼女姦が増えたとして、その責任は誰がどうとるのか。同じことがホラーに対しても言える。宮崎の事件を契機にして全国でスプラッター・ホラーへの抑圧が始まっている。これはやはり宮崎の部屋に『ギニー・ピッグ』のシリーズが置いてあったことに端を発している。『ギニー・ピッグ』は僕自身は最初の一本目と、シリーズ中の『ピーターの悪魔の女医さん』というのを見た。ピーター主演の方は大笑いのブラック・コメディ集である。一本目の方は監禁した女の子をなぶり殺しにする過程をビデオに収めた、という設定で、アメリカに実際にある

「殺人ビデオ」の雰囲気を出そうと苦労している。スタッフは苦労しただろうが、見ているこっちはうそ寒くなって鼻で笑うしかないような作品だ。

しかし、世の中で事件が起こると必ずこの手の反動が起こる。『ギニー・ピッグ』をかばうわけでも何でもないが、犯罪が起こるとマスコミはその犯罪の尻をどこかに持っていってつじつまを合わせたくなるようだ。知能犯罪が起きれば犯人の本棚からその手口のもととなった推理小説を探す。その結果、著者がコメントを求められて、

「私の小説が動機となったのなら、残念なことだ」

と述べたりする。この場合「動機」は小説ではない。「金欲しさ」である。僕がもしこの作家の立場に立たされたらはっきりとこう反論する。

「犯人の犯行に対して私の作品が与えた因果関係を、誘導的尋問によらずに自白させてほしい。その上でそれが犯人の自分の犯行に対する他への責任転嫁でないという、何らかの証明をしてほしい。加えて、犯人がもし私の作品に接していなければ犯行に至らなかったかどうか。なぜ私の作品に接した多数の人間の中で、〝犯人以外の〟大多数は犯行に至らなかったのか。それを説明してほしい」

ロリコンものの場合も、一般のポルノの場合も、スプラッター・ホラーの場合も同じことである。何らかの表現行為に起因して犯罪が起こるというのは空論だ。すべての表現は、たとえそれが芸術的に無価値な、便所の落書きのようなものであったとし

なお犯人の家系は
さかのぼると
ネアンデルタール人
で…地元では驚きの…

ても許容されねばならない。ただし、見たくない人は見ずにすむという「自由」の上においてだが。そういう意味ではスイッチを押せばどんな画像が出てくるかわからないテレビなどのメディアは、この条件を満たせない。しかし、映画やビデオや出版物はそうではない。パブリックなメディアとパーソナルなメディアを混同されては困る。その上に、異常者の犯罪と表現メディアを対《つい》にして考えられるのはもっと困る。そして、もっともっと困るのは、犯罪者とその家族をいっしょくたにして考えられることだろう。それこそ中世の「一蓮托生《いちれんたくしよう》」の考え方なのだが、マスコミはそうした前近代的なことを平気でやってのける。今回の宮崎の事件にしても、僕は某誌の「誰も書かなかった真実」なるレポートを見て驚いた。

そこには宮崎のおじいさんの代までにわたって家庭内のことが掘り起こしてあったのだ。おじいさんに愛人がいて夫婦仲が悪かっただの、お父さんの性格が「お調子もの」だの、ｅｔｃ。そうした家庭環境が犯行の遠因になっていたかのような書き方だが、それはレポーターの大義名分に過ぎない。本質的にはこうした家人のことというのは「ご近所のヒソヒソ話」であって、オフィシャルに出されるべきものではない。犯罪者の家人だからこそさわってはいけない。殺された子供の親同様、この人たちもいやされようのない犠牲者であるからだ。それを、じいさんの女関係までさかのぼって掘り返すとはどういう神経なのかと思う。

こんな事件のせいで、おたく族もホラーファンも犯人の親族も大迷惑をこうむっているわけだが、少なくともこうしたことだけは宮崎一人のせいではない。人間の中の魔女狩りの古い記憶、「はらい」や「みそぎ」の感覚、ならびに窃視願望がこうした見当ちがいの弾圧を起こさせるのだ。「時の勢い」というのは恐ろしいものだから一度はずみのついたこうした力は加速度を持っていくことも考えられる。ホラーもアニメも誰かさんの総チェックを受けるようなことになるかもしれない。人間というのはどうしてこう規制や干渉が好きな動物なのだろう。人の娯《たの》しみは放っておけばいい。禁止しても放置しても、犯罪は起こるのだ。

いまどきの宗教

たとえばアレキサンダー大王のごとく、一代で世界を征したような王さまの生涯というものを考えてみる。彼の生涯というのは要するに一人のしいたげられた人間が、いかに自分の欲望を満たしていくか、というプロセスでもある。まず出発点の彼は飢えて衣服もなく苛酷な労働をしいられている。そこから出発して、彼はまず飢えずにいられる身分をめざす。それに成功して、食べ物がいつでも手にはいる身分になると次は衣服だろう。暖かい服、それにいつでも火のある自分の家。それから次は女である。これだけのものが手にはいれば普通はそれで良しとしそうなものだが、彼はそうではない。英雄と呼ばれるような人物は、才能と同じく欲望のスケールもまた大きいのだ。彼は衣食住の欲求が満たされると、こんどは他者と自分との差別化を望み始める。すなわち、他の人が口にしたこともないような豪華な食事や珍味を求めるようになる。家でも邸宅でも満足できなくなり、「城」を欲する。女もそれまでの古女房はどこかへ追いやってハーレムを築き、そこに世界中の美女をかり集める。金と権力が手にはいると次は地位を求める。王位を剝奪したくなるのである。こうしたプロセスでもってたいていの王者が誕生する。

さて、この王者が最終的に求めるものはいつの世でも同じで、彼は突如として抽象世界へ踏み込むのである。自分の金や権力で求められないもの、つまり哲学的な「悟《ご》達《だつ》」の境地であるとか自分の生の意味、あるいは死後の世界での保障、もしくは不老不死といったものである。王者のいだくこの最終的な欲望のおかげで哲学も化学も医学も芸術も宗教も進化してきた。

ところでこの欲望のサイクルというのは何も一人の王者に対してだけでなく、ひとつの国や民族に対してもそのままあてはまる。たとえば戦後の日本人を見てみよう。

昭和二十年代の日本はとにかく第一義的な欲望を満たすためにみんなが走りまわった時代だった。スイトンやイモがやがて白米に変わり、飢えている人が次第に減っていく。服もいきわたるようになり、栄養失調と寒さのせいで鼻をたらしていた「鼻たれ小僧」も次第に姿を消していく。

この段階がすむと、次に人が求めるのは労働の軽便化と他者との差別化である。いわゆる「三種の神器」と呼ばれる電化製品が出まわり、これをそろえてお隣さんより優位に立つことに人は狂奔しはじめる。テレビがいきわたればこんどはカラーテレビが競争手段になり、それも当たり前になれば車や家やインテリアがステイタスになる。

そしてすべてがドングリのせいくらべになって、先行きに大きな成長ものぞめなくなったのがいまの日本である。会社の社長や総理大臣の給料とサラリーマンの給料がいまほど接近している時代はない。かつての王者と貧民のケタはずれの差などはもうどこにもないのだ。ここにいたって日本人は全員が王者となり、いよいよ最終段階の欲望、抽象的欲望の段階へと突入する。さすがに不老不死の薬を探してこいとは言わないが、まあ似たようなものだ。まず求められるのが「健康」である。次には自分や自分の子供たちに与えられる「教養」。そして精神的安定をもたらしてくれる「哲学思想」や「宗教」。これから人々の金が投入されるのはそうした抽象に対してである。その尖兵としての「健康」がいかに大きなマーケットになっているかはご存知の通りである。教養に対して支払われる金もこれからケタちがいに増えていくだろう。しかし、これから一番のびると思われるのは「宗教」である。宗教というものは「健康」以上に人間の不安を払い、安心を保証してくれる。複雑で膨大な教理があればそれを学ぶことで向上意欲を満たしてくれる。宗教内に厳密な位階制があって、それを一段ずつ昇っていくシステムになっていれば、出世からはずれたサラリーマンはとびつくだろう。これからは宗教が怖い。

「圧殺者」を叱る

たまに雑誌などに出た僕の文章のプロフィールのところに「コピーライター、TVのコメンテイター」と書いてあるものがある。とんでもない。

実際には僕はありとあらゆるコメントから逃げまわっているような状態で、コメンテイターなんかになるのは死んでもごめんだ。

現に天皇崩御で年号が変わったときには、新聞社のコメントを避けるために逃げまわったし、最近は絶対に自分で電話をとらないようにしている。

ただ、それでもつかまってしまうことがあって、印象に残っているのは「たけし事件」のときだ。たまたま自宅で電話をとったら、新聞社からのコメント依頼だった。たけしの裁判の判決が、あと十五分で出るのだが、二十分後にもう一度電話するのでその結果についてのコメントをほしい、という。

僕は、それはおかしい、と言った。判決が出る前の意見なら言ってもいいが、結果が出てしまってからそれについてどうこう言うのは意味がない。そう言って辞退させてもらった。

コメントが嫌いな理由のひとつにはこれがある。たいていのコメントというのは、物事が起こってしまってから云々するわけである。そこのところが何か「卑怯」な気がするのだ。

日常目にする多くのコメントは、事件を社会構造の欠陥、矛盾の表面化した現象として分析する。

「いずれこういう惨事が起こることは十分に予測できた。なぜならこの事件の根底にはこうこうこういう社会の歪みが横たわっているからである」

ほとんどはこういう、いかにも賢者ぶったコメントになるが、では常日頃からその人が来たるべき惨事について声を大にして叫んでいたかというと、そんなことはない。それも仕方のない面はあって、誰だって自分の一生のテーマと全然別のことについてコメントを求められマイクを突きつけられたら、そういうありきたりの答えで逃げるしかないのだ。

無責任なことを知ったかぶりで言うよりは、マイクの前からトンズラするのが一番だ。そっちの方がよほど誠実である。

ただ、たとえばテレビなどにゲストで出ていて、社会的事件が話題になって意見を求められた場合、これはもう逃げ場所がない。出演を受けてしまった自分が悪いのである。

先日も『プレステージ』討論会の最終回に出たら、例の神戸の高校生圧死事件の話題になった。

僕はつたない意見を述べねばならなかった。

「こういう事件が起こるとマスコミはすぐに深読みをして、事件の〝背景〟を問題にする。教育の歪みとか管理主義の問題とか、いろんな人がてんでにわかったようなことを言い出すけれど、これはもっと初歩的な次元の事件なのではないか。たとえば四、五歳の子供でも、階段から人を突き落としたら死ぬ、とか重いもので人を殴ればケガをする、といったことを知っている。それは生きていくプロセスで、身のまわりに起こったケガや、自分自身の痛みを通じて覚えていくわけで、人間としての最低限の常識だ。力いっぱい押した鉄の門が人に重傷をおわせる可能性があることくらい誰でもわかる。それをゲームのようにはしゃいで、関西ではこれを〝いちびる〟というんですが、いちびったあげくに人を殺してしまった、というのは、この教師が幼児以下の常識、生死の感覚しか持っていなかったということだ。問題は、管理主義だの教育の歪み以前に、こんな人間がどうして〝教師になれた〟のか、というところにある」

こうした趣旨だったが、これは先に述べた、知ったかぶりのコメントへの皮肉な思いが先に立ってしまったのである。あんたら、人が死んでから「予測できた事態」な

き、君は丸坊主に
せんでもいい。許す
えーっ
校則なのに
いいんですかあ

んてすました顔で言うなよな。だったら日頃から体罰だの異常な校則だのについて、声をからして叫んでたはずじゃないのか。何か起こったときだけしゃしゃり出てくるなよな。そういう苦い思いがつい口に出てしまったのだ。

もちろんこの事件は、異様に幼稚な人間が権限を持ってしまったために起こった「事故」なのだが、その土壌となったのは学校の管理主義である。そんなことはわかりきったことだ。わかりきったことを、死人が出てから初めてわいわい騒いでいる、それが口惜《くや》しいのだ。

神戸市の中学の丸坊主の問題にしても、校則の異常なきびしさについても、僕はチャンスがあるごとに攻撃してきた。その間にも、教師に蹴り殺されたり失明したり鼓膜を破られたりする生徒は後を断たなかった。惨事は何も今回が初めてではないのだ。そしてこういう事件が起こると「犯人」である教師を首切りにすることで「一件落着」になってしまう。管理主義はぴくりともしない。

現に事件後に神戸高塚高の校長は、「君たちがあと十分早く来てくれていたら、こんな事故は起こらなかった」という「迷言」を吐いたではないか。人死にを「教訓」として、管理主義のさらなる徹底に利用しようというのである。

僕は自分のいままでの口説が、針の先ほども相手を刺していない、そのことが口惜しい。

僕は生徒のスカートを校門ではかっている教師を憎み、丸坊主にされて順々と従っている「いい子」の生徒を憎む。いまの学校にあってほんとうに人間の匂いがするのは、学校から追放される子供、卒業式の日に丸太を持って教師を待ち伏せしている子供、学校に火をつけようと考えている子供、そういう連中だけなのではないか。

ここまでして「狂育者」が守りたがる管理主義の本質とはいったい何なのか。それをいみじくも言い当てているコメントがある。

一九九〇年八月三日付の『朝日新聞』の夕刊だが、圧死事件の進展にからんで、新

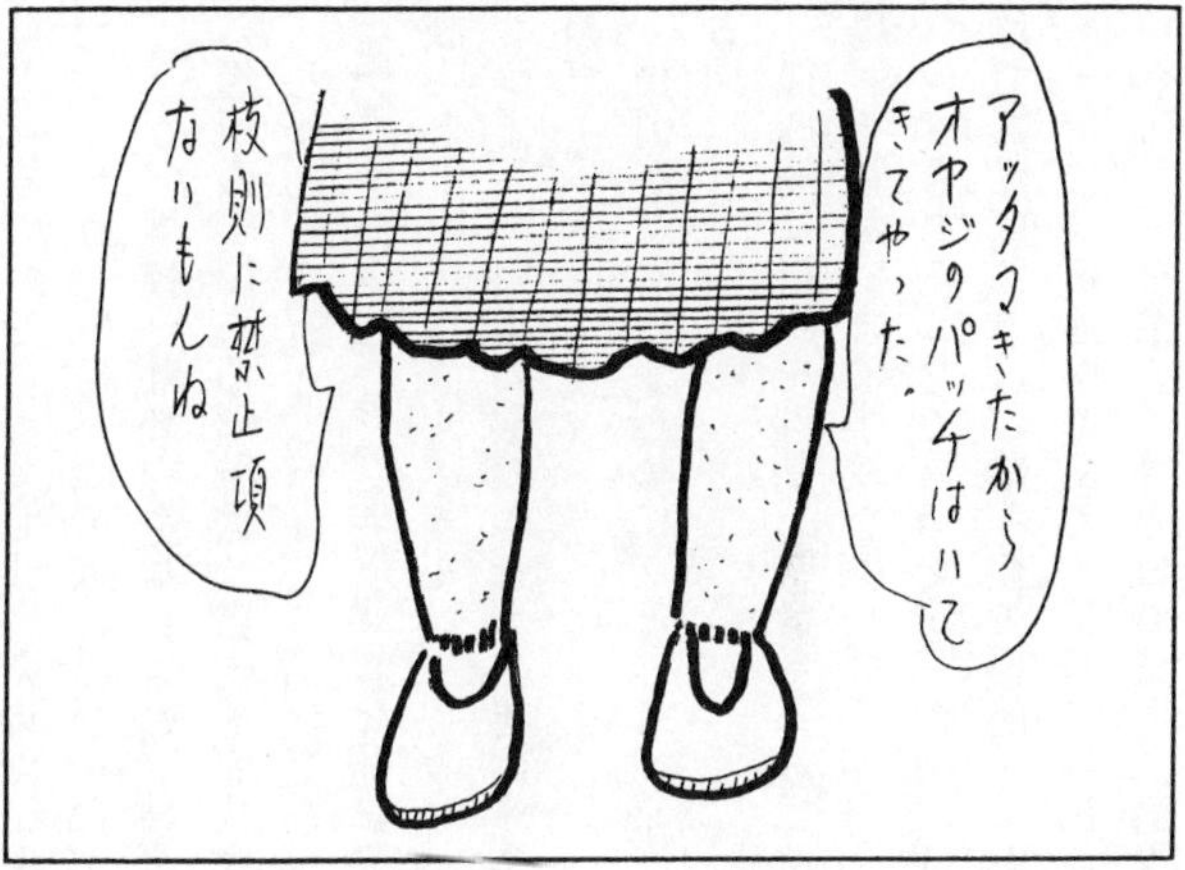

設高校の教師たちのコメントが集められていた。一般に新設高校は他よりも生徒の締めつけが厳しい。そういう管理色の強い学校の生徒指導を担当している教師たちの中の一人、京都府立商業高校の中坂進《なかばんすすむ》生徒指導部長（四十一歳）のコメントである。

「校門指導そのものは、生徒の将来のためという教師としての前向きな姿勢からやっていたと信じたい。我々の学校でも、企業の即戦力となる人材の育成を目指して、あいさつ、服装、清掃など基本的生活習慣の指導に特に力を入れている。社会には守らなければならないルールがある。その教育を『管理教育』と呼んで今回の事故の背景に結びつけるのは短絡的すぎる」

　この教師はたぶん単純な人なのだろう。教育理念の建て前でガードしきれずにポロりと「本音」を言ってしまったのだ。おそらくは、自分がたいへん重要なことを言った、という自覚も、この人にはないにちがいない。

そう、学校とは教育を与える場ではなく、「企業の即戦力となる人材の育成」をする場所なのである。強力な戦士を育成するための予科練なのである。

しかし、それならそうと校門のところに貼り出しておくべきだろう。「愛」だの「健全な人格」だのの美辞麗句を額に入れてかかげるのはやめていただきたい。「忠誠」とでも書き直すべきだ。

つまり、いまの学校の管理主義は産業社会の意識の照り返しのもとに機能しているのだ。

校則ががんじがらめになるのも、来たるべき実社会の矛盾に備えての教練なのである。

徹底的に自我を抑制し、命令系統に機敏にしたがうための無個性化のトレーニング場、それがいまの学校なのだ。

何度もあちこちで言ったが、校則には意味はない。ただの「踏み絵」である。理不尽であればあるほど踏み絵の機能を果たす。それに適応できない人間は将来「社会のくず」になる連中である。早目に検出して早目に出ていってもらうにこしたことはないわけだ。社会のくずとはつまり、音楽家、絵かき、売文家、ジゴロ、おかま、チンピラ、病人、老人、犯罪者、変態、死者、精神病者、外人、身障者、オカルティスト、マンガ家、タレント、宇宙人、アルバイター、浮浪者、乞食、プロレスラー、売春婦、香具師《やし》、フーテン、etc．etc．要するにネクタイをしめて「企業の即戦力」とならないすべての「くず」どものことである。上司の命令についていけない者、逆に上司がいなくても自分で行動できる者、そういう連中を早目にオミットして、純粋培養の「企業用羊」を大量生産しなければならないのがいまの学校なのである。

八時半に閉まる校門は、そのままタイムカードの模造装置なのだ。どうりで血も涙もなく閉まるわけである。

機械のような学校にうまくフェイントをかけて、まんまと卒業してから復讐にとりかかる、そういう賢さを持った子供たちがあらわれることを僕は祈っている。狼少年たちに羊の皮を貸してやりたい、そんな気持ちだ。

デッドエンド・ストーリー

ラジオの番組のゲストで今日は神戸のロックバンド「MAD・GANG」の三人が来てくれた。ピシピシしたロックンロールで気持ちのいい音だったが、そのメンバーのうちの一人は神戸の新開地に住んでいる。温泉劇場や何やらの話をしているうちに「新開地にはレゲエのおじさん」が多い、という話題になった。MAD・GANGのその子は、ある日アパートへ帰ろうとして歩いていると、道に「レゲエのおじさん」が寝っ転がっているのに出くわした。いつものことなので、また酔っ払いかとそのまま行き過ぎた。次の日、同じ所を通りかかると、レゲエのおじさんの倒れていたところに白いチョークで人の形が描かれていたという。それで初めて「ああ、おじさんは死んではったのか」とわかったのだそうだ。

この手の話は都会では珍しいことではない。去年の冬だったが、僕は友人のニキ坊といっしょに酔っ払って阪急東通りを歩いていた。と、梅田駅もま近くなったあたりに、荷車が放置されていて、そのかたわらにレゲエのおじさんが大の字になって倒れていた。通行人はみんなそのおじさんを見ては、笑いながらそこを避けて通って行く。僕とニキ坊もおじさんに近づかないように距離を取りつつ通過した。

「酔っ払いかな」

「酔っ払いでしょう」

「死んでるんとちがうか」

「どうかな。死んでるのかな」

そんな会話をしながら通り過ぎて、十メートルほど行ったところで、僕とニキ坊の足がほとんど同時にピタリと止まった。自分たちの言っていたことの内容に気づいたのである。僕とニキ坊は顔を見合わせた。

「あかんで」

と言うと、ニキ坊は僕の言ったことをすぐに理解してうなずいた。二人はきびすを返して、さっきのレゲエのおじさんが倒れていた方へ戻って行った。レゲエのおじさんは相変わらず道路の上に大の字になって転がっていた。ニキ坊はその肩口のあたりにしゃがみこむと、こわごわ手を伸ばしておじさんの肩を揺すった。

「おっちゃん。おっちゃん、大丈夫か」

するとおじさんは目をカッと見開き、めちゃくちゃに酒臭い息を吐きながら、

「うおーっ」

と吠えた。僕とニキ坊はびっくりしてその場から一目散に走って逃げた。

「生きてたな」

「やっぱり酔っ払いやったんですね」

二人は急に走ったので酔いが一気にまわってきて、肩でぜいぜい息をしながらうずき合った。余計なことをしてテレ臭かったし、自分たちの放っている偽善の匂いにへきえきしている感じはあったが、別に後悔はしていなかった。街ではよくあることだ。

亡くなった林家三平師匠のギャグにもこれと似たようなのがある。お母さんに手を引かれて通りを歩いている子がいて、

「ね、ママ、ママ。あんなとこにおじちゃんが寝っ転がってるよ」

「ほっときなさい。死んでるだけだから」

街の通りに転がっている死体というのは、我々にはあまり際だった異物感を与えるものではないのだ。一般の市民はほとんど病院で息を引き取るようになったので、それらの死体を我々が見ることはめったにない。死者、病者、異常者のたぐいは「健常者社会」からは隔離される仕組みになっていて、そのシステムの精度は年々巧妙になっていく一方である。その片一方では道ばたに「死んでいるだけ」のレゲエのおじさんが転がっている。回収を待っている大型ゴミのように。これは何とも奇妙な光景で

ある。都市生活者の意識構造というのはいったいどうなってしまっているのだろう。

二、三日前に、僕の事務所のすぐ近くにある三越百貨店の屋上から飛び降り自殺をしようとしたおじさんがいた。おじさんは屋上のへりの所に立って、下の様子を見ているところを目撃者に通報され、警察が来てあたり一帯は大騒動になった。おじさんは結局、長時間その屋上のへりでゆらゆら揺れていたのだが、体にロープをつけた救助員が後ろから抱きついてつかまえ、事なきを得たのである。次の日の新聞で知ったのだが、この人はお医者さんで、自分がガンにかかっているという強迫観念に襲われ、ノイローゼのようになって自殺を図ったものらしい。

この事件のあったとき、僕は事務所で某出版社の人と単行本の打ち合わせをしている最中だった。ちょうどそのとき食事に出ていた女の子の知らせで事件を知り、僕とその出版社の人は大あわてで三越の下へ見物に走った。現場は見物人で大混雑していて、人が道路にまではみ出している上に、気を取られた車同士が道路上でぶつかったりして、てんやわんやの騒ぎであった。

見上げるとなるほど、三越の屋上にぽつりと豆つぶほどの人影があり、へりのところから足の裏を半分くらい踏み出して立っている。それがときどきフラーッと揺れるので、そのたびに見物人の間から「ギャーッ」という悲鳴がもれる。僕の後ろでは年寄りのサラリーマン同士が会話している。

「どんな人でっか、あれは。酔っ払いですかな」

「さあなあ。外人らしいけどな」

「えっ！　外人でっか、あれは」

「うむ。わたし、あわててたんで老眼鏡忘れてきたんやが。あれは日本人やないですな」

「そうでっか。日本人とちがいますか」

「うむ。五十歳くらいの、外国の人ですな」

「へえ。そうでっかあ！」

僕は驚いたが、そう言われてみれば遠目でよくわからないが、外国人のような気もする。もちろんほんとうは日本の人だったのだが、そのときの僕は、

「へえ。そうか。外人かあ。なるほどなぁ」

と、何の意味もなく感心してしまったのだった。

それにしても、今思い出すと、あのとき集まった何百人という人たちの顔は、みんな笑っていた。渋面でどなり散らしている警官以外は、一人の例外もなくみんな屋上を見上げながら薄ら笑いを浮かべていた。もちろん僕も笑っていた。思いもかけず「迫真のドキュメント」に出会えてうれしかったのだろうか。そうではないような気がする。その証拠に、後ろで不機嫌そうな声が聞こえた。

「おい、帰ろうや。何ぼみてても落ちへんで、これは」

「そやなあ。ほんなら、あと三分だけ見たら帰ろか」

最初はうれしかったのに、みんな段々と不機嫌になり出したのである。暑いからだ。暑いのにいつまで待っても「決着」がつかないからである。現実はこれだから始末が悪い、家に帰ってニュースで見よう。ニュースならちゃんと編集されてるから。テレビなら服に血がかからないから。

結局そういうことなのだ。街に倒れているのは「死んでるだけ」のレゲエのおじさんで、ほんとに死んでるんだけど死体っぽくない。ほんとの「死」はテレビの画面の中にあるものなのである。

自動販売機の秘密

たとえば近所へ煙草を買いに行ったとして、ふと見ると煙草屋の主人が自動販売機をパカッと開けて煙草を補充している最中に行き合わせてしまうようなことがある。こういうときはその主人にお金を渡して、自動販売機の開かれて丸見えになった内臓のところから煙草をひとつ取って手渡してもらうことになる。そのときに僕はいつも何かしら「後悔の念」のようなものを感じるのだが、あれはいったい何なのだろう。もう何分か後にきていれば自動販売機から直接煙草を買うことができたのに、まずいときに来てしまった、そういう感じである。

これはたぶん、自動販売機というものを一種のついたてのようにして、客と店の主人がお互いにその陰に隠れる、有機生命体と有機生命体との生暖かい直接の接触をお互いに忌避する。そういう意識構造ができあがっているからではないだろうか。機械を媒介にしてのコンタクトというその暗黙の了解を破ってしまった。後ろめたい気がするのはたぶんそのせいなのだ。

似たようなことにモーテルの存在というものがある。車で乗りつけ車で出ていく。金の支払いの際も相手の姿を一切見ることはないし、こちらの姿を見られることもない。普通の連れ込みホテルだとおばちゃんがお茶を運んでくるまで神妙に待っていないといけないが、そうした心理的な抵抗が一切ない。他人との接触が間接的にしか行なわれないというシステムがモーテルをはやらせるのである。この構造はきわめて自動販売機的だ。そしてそれは「明るくて公正な」構造ではなくて、どちらかと言えば「大きな声では言えない」、「負」のベクトルを持った構造である。

たとえばいま薬局の前には必ず避妊具の自動販売機が設置されている。僕はいまだかつてあの機械の前に立って避妊具を買っている人の姿を見たことは一度もない。しかし、どの薬局の前にも撤去されることなくあの小さな箱型機械が立っているところを見ると、あれはあれでかなりの実績を上げているに違いないのだ。

同じ伝でエロ本の自動販売機というものがある。以前、これを題材にしてコントを書いたことがある。千円札一枚を握りしめた貧乏学生が、夜中、あたりに人影がないのを確かめながら、このエロ本の自動販売機に近寄ってくる。この学生は仕送りが届く前で全財産が千円しかなく、その千円で夕食をとろうかエロ本を買おうかでさんざん悩んだあげく、性欲のほうに軍配を上げたのである。ドキドキしながら表のエロ本を眺め渡し、かなり迷ったあげくに「セーラー服もの」の一冊を買うことに決める。

お金を入れたそのとたんに運悪く人が通りかかり、うろたえた拍子に学生はセレクトボタンを押しまちがえてしまうのである。出てきたのはホモ雑誌の『薔薇族』であった。学生はその『薔薇族』を手に取ってじっと見つめ、やがて意を決したように、

「……おう、読んでやる。一字残さず読んでやるぞおっ」

と、夜空に向かって絶叫するのであった。

自動販売機というものの持つ「負」のイメージのこれは極端な例かもしれないが、もちろん自動販売機で売られるものは、人の介在がデメリットになるようなそうした秘匿すべきものばかりではない。飲食物はもちろんのこと、人間生活に関わるほとんどの分野のものがいまや自動販売機の中に納まっている。「負」のイメージがたちあらわれてくるのは販売される物それ自体の性格からではなく、むしろ人を介在させないという自動販売機の存在理由そのものから発生してくるのである。オートマティズムによるコミュニケーションの不在、近代人の自閉性、そういったものの象徴として自動販売機は受けとめられ、押しつけがましいヒューマニズムに立脚した「人格者」たちの格好の攻撃対象となる。それはいずれも、今世紀が始まって以来、耳にタコができるほど連綿と繰り返されてきたステロタイプの機械文明批判である。

典型としてひとつチャールズ・チャップリンの『モダン・タイムス』を取り上げてみよう。機械の巨大な歯車にはさみ込まれての悲惨なランチの描写を始めとして、こ

の映画は全編が近代機械文明への批判で貫かれた作品である。この映画の中に、「黙って座っていれば何から何まで全部食べさせてくれる機械」が登場する。金属のアームがスープをすくって口元へ運んでくれたりするわけだが、これが不出来な奴で、さながら寄席《よせ》の「二人羽織」もかくやというトンチンカンばかりする。椅子に縛りつけられたチャップリンは、目でスープを飲まされ、鼻の頭で回転するトウモロコシの粒をはじき飛ばすはめになる。

このあたりがつまり機械文明批判の典型的な論旨であり、人間は機械に追い立てられ、コミュニケーションを失い、美や芸術はプラグマティズムの巨圧に押しひしがれてしまう。人間は暖かい血を失って、何か別種の生物へと変貌していくのである。こうしたステロタイプの批難の中で描かれる近未来像はおしなべて金属的で直線的で冷たい。いわば病院のリノリウムの床のように無菌でピカピカに磨きあげられた世界である。そこでは人々はボタン操作ひとつで供出される食事、丸薬状のものやチューブにはいった味気ない食事を摂《と》って生きていく。社会はいわば無料の自動販売機で埋めつくされているわけだ。

こうした機械文明批判の映画や小説のよりどころは、チャップリンの作品に登場する自動食事機がまさにそうであるように、ひとえに機械が不出来である、という仮定に乗っかっている。不出来であるというのは、性能が高すぎて人間がそれを御すことができない、という事態をも含めての「不出来」である。

機械に「負」のイメージを押しかぶせて、「人間性の尊厳」なる言葉を使えば、それはたちどころにサマになるし大向こうにも受ける。その「正論」を主張した原稿はFAXで送られてくるにも関わらず、である。

しかし、一部には現実を直視して、機械に向かって友好の手をさしのべる人たちがいる。そういう人たちはこうした「正論」に飽き飽きしている。彼らの描く近未来のビジョンは、半世紀前のSFとはおよそかけ離れたものである。『2001年宇宙の旅』以来、SFに登場する宇宙船がどんどん薄汚くなってきた。従来の鋭角的でピカピカしたものではなく、外面はノズルだらけで錆びが出ているし、内部は貨物船の船底のようにゴミゴミしている。都市にしてもそうで、『ブレード・ランナー』の冒頭に登場する近未来都市のあの猥雑さはどうだろう。ビルの壁面には「ワカモト」の電子広告があざとい映像を映し出し、ビルの谷間では外人たちがウドンの屋台に首を突っ込んでいる。ここで描かれる未来は従来の無機的で冷たい未来ではなく、それとは正反対の、騒々しくて血が通った世界である。血が通いすぎて、今にも疫病が流行りそうな、そういう温気《うんき》ただよう都市なのだ。この世界ではおそらく人々はコンピュータとロボットのせいで膨大な「時間」を丸ごと与えられ、それを使いつぶすために四苦八苦しているにちがいない。それはそれでまた「死ぬほど退屈」な世界なのだろうが、だからといってそのせいで人間の精神世界が機械的無機的になっていくわけではない。そこではむしろ逆の現象、ある種の古典回帰が起こるはずだ。電子音楽よりはアコースティックな弦楽四重奏を、直線による構築よりはマニエリスティックな蛇状曲線を、人は求めるようになるだろう。その頃には自動販売機（＝機械）の在り様もかなり変わっていることと思われる。いわばその上に「正」を構築するための膨大な「負」の集積として、機械は地上を埋め尽くすのではないだろうか。

ところで、僕には自動販売機に「負」のイメージを感じてしまう、もうひとつ別の理由がある。それはこれらの機械に、「退化」した存在だという印象をどうしても持ってしまうからなのだ。この世で初めて誕生した自動販売機がBC二一五年にエジプトで作られた「聖水」の販売機だったというのはきわめて暗示的である。そこでは水という物質ではなくて「聖性」という抽象が機械によって分配されている。これはいわば進化の最終段階からフィルムの逆まわしのように始まった歴史なのではないだろうか。そしてそのフィルムの半ばあたりに映し出されるのは、ヴォーカンソンの手になる自動人形や各種の水オルガン、フリードリヒ・フォン・クナウスの『文字を書く人形』や日本の『茶運び人形』などのからくり物である。これら有用性から一番遠い地点に立つ、人をわくわくさせる以外には何の役にも立たない、しかし高度な自動機械。これらに比べると今の自動販売機には、知能を持たず反射神経だけでかろうじて生きている、見る影もなく退化した生物のような印象を受けてしまう。

たとえば、大阪は難波八坂神社というところに、日本では初めてだという「おみくじ」の自動販売機がある。二百円入れると出てくるわけだが、考えるとこのおみくじというのは山の中から任意に摑み取られるのではなくて、一枚ずつ順番に機械にセットされているのだ。つまり、配給される運命はあらかじめ決定されているわけである。前の人が引いた時点で自分の運勢が決まっている。ここで自動販売されるのは聖性ではなくてまさに一枚の紙切れでしかない。むしろ「旅行災害保険」の自動販売機のほうがまだ「抽象」を売っているといえる。エジプトの聖水販売機に比して、これを退化と呼ばずして何と言おうか。

私のギモン

春の頃だったと思う。

印刷会社の営業マンをしていた僕と、上司のモミイさんは、うっすらと汗ばむくらいの陽気の御堂筋《みどうすじ》をジャケットを脱いで小脇にかかえて歩いていた。

得意先に印刷ミスの善後策の打ち合わせに行って叱られ倒され、謝まり倒した後の、トボトボとした道行きである。

うららかな陽ざしの中を、長い冬を終えて春服に衣がえしたオフィスレディたちがキャッキャッとさざめきながら歩いている。

ついこの前までオーヴァーコートにかくされていたタイトスカートの中のヒップが、歩くたびにクリクリッと動いて、「ヒップ語」でしゃべりかけてくるようだ。

そんな春めいた街並を、僕たち二人はションボリと冬ざれた気分で歩いている。

印刷屋というのはとにかくミスが付きものの商売で、写植屋さんがミスしなければデザイナーがミスし、デザイナーがミスしなければ製版屋さんがミスし、製版屋さんがミスしなければ刷職人さんがミスし、刷職人さんがミスしなければ製本屋さんがミスし、製本屋さんのミスもなくてああ良かったと胸をなでおろしていると運送屋さんが配送ミスをし、あわてて回収して届けると、「四日売り出しのマンションのチラシを五日に届けてどうするんじゃい‼」とどなられたりする。

精神衛生にはあまりよくない。

とにかく最終的な責任というのは営業マンにまわってくるわけで、そういう意味では「謝まるのが仕事」みたいな職業でもある。

僕もモミイさんも、そんな毎日をくぐり抜けてきてたいていのトラブルには慣れていたのだが、その日のチョンボというのはかなりひどいものだった。

「発注されてないパンフレット」をドォーンと大量に刷ってしまったのだ。ごく初歩的な勘ちがいで、倉庫には大量の印刷物が置かれて出荷を待っており、僕らは得意先に請求書は出せず、紙屋などの仕入れ先には支払わねばならず、さりとて会社にどう報告してよいかもわからない。

僕はギュッ、ギュギュギュッと襲ってくる神経性の胃痛をこらえながら、あのクソより役に立たない紙の山をどうやって処分しようか考えていた。

となりのモミイさんも「ホテッホテッ」という感じで歩きながら、前方を見つめてケワしい顔をしていた。

　モミイさんは僕より二つほど年上で、直属の上司である。僕なんかよりもはるかに責任がある。おまけに九州男児である。剛直な人なんである。

　ひょっとしたら「腹を切ってわびる」くらいのことはしかねない人なのだ。

　モミイさんは御堂筋を「ホテッ、ホテッ」と歩きながら、僕にゆっくりと顔を向けて、

「中島クン、ちょっと聞いてもいいかな？」

と言った。

　眉根《まゆね》にタテジワが寄っていて、思いつめた形相だった。

「あ……はい。何でも……」

　モミイさんは顔をカクッとまた前方にもどした。

　その視線は、前を行くOLたちのタイトスカートのクリクリしたヒップにそそがれていた。

「中島クン。女の子のケツっちゅうのは、どうしてあんなにエエんかいのう⁉」

「え……………………………………。なんですか？」

「女の子のケツっちゅうのは、どうしてあんなにエエんかいのう？」

　モミイさんは、アゴで前方の女の子たちのお尻をさし示すと、「ふんっ、ふんっ」と二、三回アゴをゆすり、僕をジッと見て、

「………。思わんか」

とたずねた。

そのときに僕がどういう答えをしたのかは覚えていない。たぶん、「ふたやまあるからでしょう」とかいいかげんな受け答えをしたのだと思う。

「女の子のケツ」というのは、どうしてあんなにエエんかいのう」というモミイさんの疑問よりも、どうやったらこのタイヘンなときにそんなアホなことが考えられるのか、というのが僕にとっての最大の疑問だった。

あれからだいぶ年月がたったものだから、今ではその答えがわかる気がする。

ようするに「場数」の問題なのだ。

場数を踏んでない僕のアタマはトラブルのことで百二十パーセントいっぱいだった。でも、モミイさんは場数を踏んでるので、ちょっとトントンと足ぶみするくらいで、頭の中に六割くらいのスキマをつくることができたのだと思う。そのスキマに「女の子のケツ」が入りこんでくる余裕が生まれるわけだ。

エラいといえばエラいが、もう少しマシなものを割り込ませてもよかったんじゃないかな、という疑問はある。

疑問を投げかけた人に対して、どうしてこの場でそんな疑問を投げかけることがアナタはできるのか、という疑問をこちらが投げ返すというのはかなり頭のイタむ状況である。

ただ、もっと頭のイタむ「質疑応答の場」というのがこの世には存在する。

僕が十八の頃だった。

友人に誘われて、彼女といっしょに神戸の新開地へ初めて遊びに行った。

関西の人は知っているが、あんまりガラのよいところではない。

友人は当時、新開地に住んでいたので自分の庭みたいなふるまいである。

「いいか、新開地ではな、絶対に指さしてアレコレしゃべるなよ。〝指さした〟いうて因縁つけてくるチンピラがおるからな」

そんなぶっそうなアドバイスを聞くと、よけいに身がちぢこまってくるのだが、彼女がいっしょなので空元気《から》を出して三人で新開地にくり出した。

悪いことに、その頃の僕というのはちょうど腰骨のあたりまで髪の毛を伸ばしていて、おまけにムラサキ色のTシャツに崩壊寸前のジーンズといういでたちだった。

にぎやかな通りを歩いていると、まわりには僕みたいな「シシマイ」みたいな人間は一人もおらず、みんなちゃんとした「そのスジの人」みたいなのばっかりである。

コワくなんかないフリをして歩いていくうちに、後ろから、

「ウェイッ！　ウェイッ！」

という、何か変な野獣の吠え声のようなものが聞こえ出した。

気にせず歩いていくと、その「ウェイッ、ウェイッ!!」は段々と近寄ってきて、とうとう僕の首すじのあたりにその「ウェイッ、ウェイッ！」の息がかかるくらいに迫ってきた。

こわごわ振り返ると、それは二人連れのチンピラだった。

「な……何やねん」

僕は精一杯の虚勢をはって言った。

チンピラは僕の頭から爪先までをウサン臭そうにながめると、酒臭い息をふきかけて、

「兄ちゃん、ワレ、何どいや⁉」

と言った。

「あ……」

僕はそのとき何か言おうとして、

と言ったまま詰まってしまった。

「何どいや⁉」と言われても「俺は何々や」と答える何物も僕にはなかったのだ。

詰まっていると、さすが地元民の友人が、

「お兄ちゃんら、気にせんといてな。こいつアホでんねん」

と言った。

チンピラは、「アホか……。アホやったらしょうないわのう……」とつぶやきつつ去っていった。

それ以来、「われ何どいや⁉……お前は何者か」「私は果してアホか」という疑問が僕につきまとって離れない。

万願寺の怪

今の神社や寺というのは、駄目なんだそうだ。昔は霊的なご威光があったのだが、今ではチミモウリョウが荒れ狂うステイジになってしまっているという。ことに夕方の四時以降は神社、寺には行かない方がよいらしい。これはその道を研究している知人の意見である。

そういえば思い当たることがある。

僕の住んでいる家は阪急電車の某駅を南に下っていったところにある。この駅の北の方は山すそになっていて、高級住宅がひしめいている。その山すそをなお登っていったところに万願寺（仮称）という寺がある。

もう十五、六年前だったろうか。

当時僕は失職状態にあって、しかも家には三、四人の居候がいた。毎日毎日、ハイミナールを呑んではビールを飲み、ビールを飲んではせき止めシロップを飲み、ギターを取って大声で歌を歌い、プロレスごっこをし、夜になれば3Pをし、踊り、ゲロを吐き、けつまずき、とまあそういう日々を過していたのであった。

ある晴れた日の午後、うちに泊まっていたフーテンのMとSとでぽかんとしていたら、急に散歩に行きたくなった。山の方にある万願寺まで行ってみよう、という運びになった。

このMとSのうち、S君は昔から心霊関係にゆかりの深い男で、彼のお母さんもまた、そういうことに目のある人だった。

「Sはお墓とかそういうとこばっかり行くもんだから、変なものばっかり拾ってきて仕様がないのよ」

と、お母さんは言っていた。

かたや、Mの方にはその気は全然なかった。目の前に幽霊が現われても、

「ふうん」

と無反応。それがMという男だった。

その点、僕はどちらかというとニュートラルで、オカルト的世界に興味はあるが、かといって決して深入りはしないというスタンスを常にキープしていた。

この三人が、うららかな春の日、万願寺めざして散歩にいったのである。

ぶらぶら歩きなので、寺まではけっこう時間がかかった。到着したのは午後の四時前だった。

万願寺は中規模くらいの大きさの寺で、境内にはいるのはその日が初めてだった。はいるなり、いきなり妙なものに出くわした。立て札である。

「坂田金時の墓、このさき五十m」

と書いてある。

我々三人は小さくどよめいた。

「何だ、これ」

「坂田金時の墓って」

「どんな人だったっけ、坂田金時って」

口々にしゃべりながら我々は寺の奥へ奥へと進んでいった。境内はうっそうと木がしげっていてほの暗く、静かである。

あるところまで進んだところで、僕とSの足がぴたりと止まった。そのときの気持ちを表現するのはたいへんにむずかしい。自分の中の声が、

「それ以上先へ進んではいけない」

と非常のサイレンを鳴らしたような、そんな感じだった。行く先に何があるのか、それは皆目わからない。ただ、たしかにサイレンだけは鳴ったのだ。Sもおそらく同じ気持ちだったろう。同じ瞬間に歩を止めた。

そういうことに無頓着なMだけがずかずかと寺の奥へ進み、やがて自分がひとりだ

けなのに気づいた。不思議そうに我々の方を振り返ると、

「どうしたの」

と一言。

「M君。もう帰ろうよ」

とS。

Mはあいまいなためらいの感情を面に浮かべてそう言った。

「え？……ああ。帰ろうか」

もし寺のもっと奥まで入っていたらどうなっていたのか、それはわからない。しかし、ああいう形で心の中にサイレンが鳴ったのは、僕には初めての体験だった。


それから六年がたって、僕はある広告代理店の企画営業マンになっていた。その会社の社長は酒が好きで、よく飲みに連れていってくれた。いわゆる「はしご酒」で、帰るのはいつも午前さまになる。社長はいつも僕に一万円札をつかませてくれて、タクシーで帰らせてくれるのだった。

その夜もそんな調子で、僕はベロベロの状態で車中の人となっていた。運転手さんは無口な人で、車は深夜のすいた道路をとどこおりなく宝塚市へと向かっていた。僕は少しうたた寝をしていたようだ。

はっと気がつくと車が停まっていた。車の周りは暗い。運ちゃんは小さな声で、

「ちょっと道に迷ったみたいで。すみませんどの辺なんですか、ここは」

僕は少し気をしっかり持って、車窓から外をにらみ渡した。

「万願寺」

という字が目に入った。車は寺の山門の前に停まっていたのである。僕は少しぞっとした。

「あの。これは山の方に来てしまっているんです。僕の家はもっとずっと下の方ですから、とにかく下へおりてください」

「わかりました」

車はまた動き出した。

僕は安心して、またとろとろと眠り出した。やがて車の動きが止まった。僕は、家についたものと思って、外を見た。

また万願寺の前だった。

僕は今度こそ本当にぞっとした。

「運転手さん。僕はこんなとこに来たいんじゃないんです。家に帰りたいんですよ」

運ちゃんも高い声で言った。

「私もそう思ってるんですよ。でもなぜかここへ出てきちゃうんですよ」

「とにかく、山の下の方へおりてください」

僕は酔いもさめて、かすれ声で怒鳴った。

三度目は、車は僕の指示に従って動いたので、無事に家に辿り着いた。

今考えても、あれが何だったのかよくわからない。俗にいう「狐に化かされた」という奴かもしれない。世の中には妙なこともあるものだ。だからといって僕はオカルトに対しては相変わらずニュートラルのままでいる。

ジャジュカの呪い

その日、おれは二階のベランダに腰かけて、ブライアン・ジョーンズの採収したモロッコの音楽『ジャジュカ』を聴いていた。

ブライアン・ジョーンズはザ・ローリング・ストーンズの中にあってもともとはバンド・リーダーであった人だが、ミック・ジャガーとキース・リチャーズの台頭にあってバン・マスの地位を追われ、ただのサイド・ギター弾きに落ちぶれてしまった人だ。

その鬱屈のせいだろう、ラリラリのジャンキーになってしまった。伝記を読むと、一日に驚異的な量の薬物を摂取している。おれから見ても、これでよく死ななかったな、というくらいの量だ。

当然のことにラリラリのブライアンは、ギターの演奏もままならなくなってしまった。ギターを弾けないギタリストに残されているのは死しかない。

ある朝、ブライアンは自宅のプールで溺死体となって浮いているところを発見された。

そのブライアンが生前にモロッコのジャジュカという村で録音した民族音楽が、このLP『ジャジューカ』である。これは不思議な音楽で、ピーーという高音の笛の通奏低音のようなものが息つぎもなく流れていて、これに女声ののりとのようなものが絡んでくる。聴いているとラリってくるような単調な音楽だ。おれはこれが好きで、その頃しょっちゅう聴いていた。ある霊感の強い友人がうちに遊びにきて、このジャジュカを聴かせたところ、うーんとあごを撫でて、

「これはあんまり縁起のいい音楽ではないような気がするな」

「縁起って?」

「葬式のときの音楽じゃないかなあ」

「え、そうなの」

そんなことは気にせず、おれはジャジュカを愛聴していた。

その日も、昼過ぎに酒を少し飲んで、ブロン液を一本飲んで、ノルモレストを三錠くらいかじって、いい調子で二階のベランダでジャジュカを聴いていたのである。

目をつぶってうすらぼんやりしていること二十分くらい。目をあけてみると、視界の下の方に何か黒い帯のようなものが見える。その帯は少しずつおれの方に向かって上昇してきつつあった。

「え。何、これ」

と思って注視してみると、その黒い帯はとんでもないものだった。

諸兄は、コピー機で自分の顔を撮ってみたことがお有りだろうか。まわりの人間に訊いてみると、案外やったことのある人が多い。

コピー機で顔を撮ると目・鼻・口は鮮明に映るが、残りの顔のりんかくは、どろりと溶け流れたようになる。

そのどろりと溶け流れたような顔が四十個ほどくっついたものがその黒い帯の正体だったのだ。

それは少しずつ上昇してきて、ついにおれの視界の半分を占めるようになった。ひとつひとつが怨念に満ちたような顔であった。それが四十個、ぶどうの房のように連なって、少しずつおれの視界の中を上昇してくる。

恐いという気持ちは不思議に湧かなかった。

呆然としていた、といった方がいいかもしれない。

それらのとろけ崩れた顔をしばらく見ているうちに、今度は猛然と腹が立ってきた。

「帰れ!」

とおれは心の中で叫んだ。

「おれにはこれから何千という夜を愛する人たちと過ごす権利があるのだ。お前らにかまっているヒマはない。だから、帰れっ！」

そう叫ぶと、とろけた顔たちでできた黒いかたまりは、ゆっくりと下へさがっていった。ゆっくりと下りながら、やがて視界に入らなくなった。

それからしばらく日数がたって、おれは登記所へいった。自分の住んでいる土地が、もと刑場だとか墓地だとか、そういう怨念のこごる地だったのではないかと考えたのだ。で、登記所で調べてみると、おれの住んでいる場所は、昔は「レンコン畑」だったということがわかった。とすると、おれの見たのはレンコンの幽霊。つまり「レンコンのレイコン」。怪談話にオチまでついてしまったのである。

ストリート・ファイトについて（❷）

僕が社長の闘う姿を見たのはその日が初めで最後だった。社長というのは今までにも何度か登場した広告代理店の社長である。この社長は学生時代にボクシングで日本を制したほどの人で、武勇伝にはことかかない人物である。ものすごいハード・パンチャーで、バーのとまり木でからんできたヤクザを一発殴ったら、その相手がカウンターの中までふっ飛んで落ちたとか、大阪駅でチンピラ十人に囲まれて、四人ぶっ飛ばしたら残りは逃げた、とかいった逸話は業界のあちこちで耳にした。

ただ、僕が勤め出した頃にはこの社長も四十代半ばで、さすがにもう大立ちまわりはされないようだった。よく飲みに連れて行ってもらったが、社長が実際に闘うのを見たのは六年間で一回だけである。

その日は、いつものように社長に飲ませてもらっていて、二人ともずいぶんできあがっていた。我々は何軒目かのバーへ行くために、飲み屋街の雑居ビルのエレベーターに乗っていたのである。すると、途中の階で二人連れの男が乗ってきた。一人はエレベーターの天井に頭がつきそうな大男で、具合の悪いことにこいつが酔っていた僕にからんできたのだ。もちろん理由などなくて、顔つきが気にくわないとかそんなような言いがかりだった。適当にあしらっておこうと思ったのだが、その大男はかなり酒癖の悪い奴で、胸ぐらをつかまんばかりにしてからんできた。と、そのとき横手で、

「許さんっ!!」

という大声がした。見ると、その〝桃太郎侍〟みたいな声は社長が発したのであった。社長はこめかみに血管を浮き立たせてこぶしを震わせて怒っていた。大男をにらみすえるその眼光は火のようだった。僕は興奮した。この何年間か、噂ばかりを聞かされていた伝説の鉄拳がついに火を噴くのである。しかし相手は天井に届きそうな大男である。社長は強いといってももう四十半ばだし、ここでもし社長が負けてしまったらワシの運命はどうなるんや、と一抹の不安もないではなかった。

ところがそんなことを考える余裕もないほどの短時間に、勝負は決まってしまったのである。社長のストレートが大男のあごをめがけて飛ぶと、男はかろうじて両手で顔面をガードした。社長はかまわずに、顔を守っている相手をそのガードの上からパ

コッパコッと三発殴った。と、大男は両手で顔をおさえたままエレベーターの壁づたいにズルッと腰を落とし、床にしゃがみ込んでしまった。指の間から見えるその顔は血まみれになっていた。時間にしてその間二秒くらいしかたっていないのではないだろうか。それにしてもガードの上から殴って相手を血まみれにさせるというのは、何とも破壊力のあるパンチである。ただ、そのときは社長も僕もかなり酔っていたので、そのまま逃げる機会を失ってしまった。結局は曾根崎警察で事情聴取を受けるはめになった。

僕と社長は別々にされて取り調べを受けることになったのだが、どうも僕が調べられている部屋の隣で社長が尋問されているようなのだ。聞き覚えのある塩辛声が壁越しに聞こえてきて、

「わし、被害者や。わし、どついてへん!」

と言っている。それを聞いて僕は場所がらもわきまえず、警官の前で吹き出してしまった。あれだけのパンチで相手を血まみれにしといて、何が、

「わし、どついてへん」

だ。どんな顔をして社長は言ってるのだろう。

事情聴取がすんで、我々は喧嘩の相手と出会わないように時間をずらせて放免された。田舎町ならいざ知らず、大阪の繁華街ではこの程度の喧嘩は毎日のことなのだろ

う。説教をされただけで許してもらったのである。

社長と僕は苦笑いしながらタクシーに乗ったのだが、僕は少し気がかりなことがあるので社長に言ってみた。さっきの大男なのだが、後日になってから示談金目当てで「頭の調子がおかしい」といったことを言ってこないか、と心配になったのだ。交通事故の場合、そういうことが往々にしてあるのはよく耳にするからである。それを話すと社長も少し心配顔になってきた。

「そうやな。こっちが無傷なだけに、分が悪いかもしれんな」

「じゃ、社長も殴られた、ということにしといたらどうですかね」

「しかし、わしはこの通りケガしてないし」

「じゃ、ちょっとした打撲症をおでこにでもこさえといたらどうでしょう」

「何？　打撲症を……どうやって」

「僕が殴ってさしあげますから」

「お前がわしをか」

「ええ。たんこぶのひとつもこさえといたら」

「そうか。中島、やってくれるか」

社長は〝中島君すまんな〟とお礼を言いながら僕におでこをさし出してきた。僕は嬉しかった。社員の分際で社長を殴れるのである。こんなチャンスが一生のうちにめぐってくるとは思わなかった。僕はこぶしに息をかけると、社長の頭を渾身の力を込めてポカッと殴った。

「いたたた、中島、痛いわ、わし」

「まだこれじゃコブにならないでしょう。社長、もう一発いっときましょう！」

社長は僕を制して、

「いや。痛いからもうええわ」

と言った。社長思いの社員を持てて嬉しかったのだろう。社長の目には心なしか光るものがあるように思えたのであった。

第五章　サヨナラにサヨナラ

――性・そして恋

保久良山

JR摂津本山駅の裏手に保久良山《ほくらさん》という山がある。山というよりは丘の大きなやつといったほうがいいだろうか。

アタマに保久良神社の鳥居をのっけてチンと丸まっているさまは、何か〝よしよし〟と頭をなでてやりたくなるような、そんなかわいらしい山である。

本山第一小学校に通っていたころは、体育の時間によくこの山に登らされた。ほいっ、ほいっ、と頂上まで行って、てっぺんにある神社の境内でひとやすみしてから、上りとはうってかわって楽な下り道をおりていく。学校に着いて、それでちょうど五十分という行程である。

休みの日にはこの保久良山から尾根づたいの金鳥山《きんちょうざん》へ出、さらにその奥へ分け入って「水晶狩り」をした。

注意深く見ていると、山道をそれたところの石英の巨岩のくぼみに、小さな水晶が何本かヒンヤリとした風情でかしこまっている。

それをナイフでこじ取って、別にどうこうするというものでもないのだが、とりあえずは「宝物の箱」の中にしまっておくのだった。

僕は一度、その石英の岩塊を重いのもかまわず、家に持って帰ったことがある。庭の桃の木の下にその石英をおいて、雨が降った後にはのぞきに行き、霜がおりた後にはのぞきに行った。

「水晶が成る」のを待っていたのである。

思えばそのころから気の長い、牛みたいな少年だったのだろう。

中学の終わりから高校にかけて、僕は学校をサボるようになった。

僕の行っていたのは灘校《なだこう》という超受験校で、僕はそのシステマティックな流れの中で、足が底に五センチほど届かないような、妙に不安な浮遊感を覚えていた。

僕はよく昼から学校をサボって一人で保久良山に登った。山頂から街をながめていると全ては事もなく平和そうで、さきゆきの不安にさいなまれている僕とは無縁のいとなみを続けているように見えた。

したたるような緑の中で、僕はわけのわからない怒りで頭をかきむしっていた。

十八のときに、そのころ付き合いはじめた女の子とこの山に登った。ヒマはあるけれど喫茶店に行く金はない、そんな夕暮れだった。

頂上で、僕は生まれて初めて女の子とキスをした。鳥同士のあいさつみたいな、そんなカチッと音の出るようなキスだった。

保久良山を見ると今でも胸がキュンとなる。

Dedicate to the one I love

買物が苦手だ。

のっぴきならない事情でデパートなんかに行くと、入って約十分くらいで脂汗が出てくる。

行きかう女性の群れにゴンゴン当たっては「あ、すいません！」をくり返しているうちに、段々と体中に殺気がみなぎってくる。

あんまり自分を放っておくと、群集の中でマシンガンでも乱射しかねないので、早々に目についた物を買って帰ってしまう。

そんなだから、贈り物の時期になるとユーウツになって、誰かアルバイト料を払うから代りに買物に行ってくれないかな、と思うのだ。

僕が最初に覚えているプレゼントは、自分のオヤジに贈った『般若心経《はんにゃしんぎょう》』の本である。

俺のオヤジは当時、内村鑑三の提唱する「無教会派」のキリスト教徒だった。

その人に、何を思ったのか十二歳の僕が『般若心経』を贈ったのだ。

オヤジはそれからしばらくしてキリスト教を捨て、仏教に帰依《きえ》してしまった。

そしてそのあと、ありとあらゆる宗教に手を出しては家族全員に引き止められるという、一種の「さまよえる宗教コレクター」になってしまった。

何の考えもなしに人に物を贈るものではない。

次に覚えている贈り物は、僕が十八のときに初めてできた恋人の誕生日に贈ったものだ。

彼女は小柄で可愛くてオキャンで、当然ライバルはたくさんいた。

ピンクにコーディネイトされた彼女の部屋には男連中からのプレゼントが続々と到着していた。

フカフカの縫いぐるみだの、アンティークの時計だの、レコードだの……。

僕はアセった。

アセってプレゼントを買うべく街に出ていった。

いわゆる「可愛い物屋さん」にウッソリとたたずんでいると、例によって脂汗がタラーッと全身に流れ始めた。

愛は深い。

けれど、「可愛い物屋さん」に立ちつくしている僕の苦痛もそれに負けないほど不快なのだった。

うろつきまわって、もう限界だというときに、一番目についたヤツをパッと引ったくってレジに持っていった。

陶器で作ったドクロの灰皿だった。

ポッカリあいた目の穴のところにメガネがかかっていて、それが煙草置きになっていた。

こんなものをピンクの部屋でプレゼントされた彼女がどんな気持ちだったか、今思うと冷や汗が出る。

ただ、そのドクロの灰皿は今でも僕の手元にある。

突っ返されたわけではない。ドクロの灰皿ごと彼女を引き取ったのだ。

性の地動説

セックスというのが具体的にどういう行為であるかを知ったのは、たしか小学校の六年生の頃だったと思う。これが早いのか遅いのかは知らないが、少くともその時点で、四十数人いた同級生たちのうちのほとんど全員が明確な知識を持っていなかったのはたしかなのだ。セックスに関する驚くべき事実を最初に情報としてもたらしたのは、クラスの中でも早熟で「エッチ」な子で通っていた松野君だった。彼は初冬のある朝、興奮した面持ちで教室に駆け込んできて、

「わかった。わかったぞぉ！」

と叫んだのだった。彼はその前の夜、父親の蔵書の中から石原慎太郎の本を引っ張り出して読んでいるうちに、この衝撃的な事実を発見したのだった。松野君は、動かぬ証拠としての石原慎太郎の本をランドセルの中に忍ばせて来ていた。子供たちは輪になって松野君を取り囲み、問題の頁が開かれるのを息を止めて見守った。そして、そこには今まで僕たちが見聞きしていた「肉体関係を結ぶ」だの「体を合わせる」だの

「抱く」だの「寝る」だのの文学的抽象的表現はなくて、「陰茎を膣に挿入する」ということがはっきりと書かれていた。子供たちはみんな一様にショックを受けたようだった。一瞬の沈黙が通り過ぎたあとに、けんけんごうごうの大論議が始まった。まず最初に出た意見は、「これは嘘だ」というものだった。たとえば小説や映画の中では忍術や魔法やSFなどに超常的現象がたくさん出てくるが、現実にはそんなことは起こらない。それと同じで、この石原慎太郎の書いていることは、想像力が生みだした小説上のフィクションだという説である。なぜならば、そんなえげつないことを人間がするわけがない。おしっこをするところにそんなものがはいるわけがない。そんなことをしたら相手の女の人は血が出て死んでしまうにちがいない、というのである。この意見には多くの子がうなずいた。一人、中世の地動説に近いような説を持ち込んだ松野君はたいへんな苦況に立たされたのである。必死になって論駁しようとするのだが、いかんせん松野君が握っている証拠はこの石原慎太郎の本一冊だけである。自説を証明するには決定的にデータが欠けているのだった。

ところが、ここに一人、それまで黙って聞いていたが、松野君の窮地を見て助け舟を出した少年がいた。玉置《たまき》君である。玉置君は市場の食料品屋の子供なのだが、店の裏地で何頭もの雑種の犬を飼っていた。玉置君が言うには、犬というのは確かにそういうことをすることがある。つながったままで情なさそうな顔をしているところを玉置君は何度も目にした。犬がそういうことをする以上、同じ動物である人間がしても別におかしくはないのではないか、というのが玉置君の意見だった。これには「天動説」派の大多数がたじたじとなった。それでも中には「人間は万物の長であって、犬と同じレベルで考えるのはまちがっている」と、強固に自説を曲げないものもいた。

　こういう対立関係が生じたときの常として、次に「中立派」があらわれた。この中立派の意見というのはこうである。

「やはりセックスというのはそういうことをさしているのではないだろうか。ただし、我々のうちの誰一人として今までそれを知らなかった。ということは、つまり日常生活の中で目撃したことがないからである。ということは、人間のセックスというのは、確かにあることはあるのだが、極めて特殊な行為であって、非常に稀にしか行なわれないのに違いない。特殊な人間が特殊な環境に置かれた場合のみに発生することで、現実にはほぼ無いと言っていいくらいの椿事《ちんじ》なのではないだろうか」

　この中立派の説はおおいにみんなを納得させた。この説の持つ強烈な説得力の大きな拠りどころとなったのは、

「自分たちのお父さんやお母さんがそんなことをしているわけがない」

という部分であった。これには全員、ほっと救われたような気持ちになった。あのこわい口やかましい、あるいは上品で優しい自分たちの父親や母親がそういうことをし

ている状況というのはとても想像できない。それに親だけではない、担任の島田先生や校長先生や塾の先生なども、そういうことをするような人だとは思われない。そういうえげつないことをするのは、自分たち子供が会ったこともないような、常軌を逸した大人なのに違いない。そうだそうだ。この説には、問題提起の当人である松野君さえもおおいに納得し、討論はめでたくお開きになったのであった。

しかし、この中にまだ釈然とせずに首をかしげている子供が二人いた。僕と僕の親友の長井君である。僕たち二人はクラスの中では体も大きく、性的にも熟してきつつある年頃だった。僕と長井君にはすでにはっきりとした性欲があり、そのもやもやとした欲望をどういう形で噴出させればよいのかがわからずお互いに困っていた。そのときはもうすでに二人とも原始的な形での自慰は知っていたが、それが最終的なエッチの到達点だとは思えなかった。僕たちは早熟な同士、お互いに気心を許し合ってエッチな話ばかりしていたが、欲望の表現の仕方が微妙なところで食い違っていた。たとえば僕たちは二人とも副級長の市村さんが好きだったが、ではもし市村さんに対して一番エッチなことをしても許される状況があったとして、何をするか。この問いに対する長井君の見解は、

「市村さんを裸にして柱にくくりつけ、太腿を下敷きでピシャピシャ叩く」

というものだった。僕の見解はそんな生易しいものではなくて、「市村さんの一番エ

ッチな部分にキスをする」というものだった。つまり、二人ともセックスの何たるかを知らなかったので、妄想の形が違ったのである。ところが、ここに最終の形として「松野理論」を導入すると、今まで疑問に感じていたことの全てについて納得がいくではないか。僕と長井君のついに一致を見た結論は、

「死ぬまでに一回でいいからしてみたい」

ということだった。その願いがかなうまでには、まだまだずいぶん長い時間を乗り越えねばならなかったけれど……。

やさしい男に気をつけろ

恋人と同棲していた友人が、ある日突如として荒れ出した。

睡眠薬を飲んでヘロヘロにラリる、大酒を飲んで暴れる、彼女の給料をそっくりギャンブルにつぎ込んでしまう、二人の部屋に女を連れ込んでイチャイチャする、あげくのはてには手を出して殴る蹴るの乱暴におよぶ。

昔からの彼はそんな奴ではなかった。

若い頃から気がやさしくてやさしくてやさしすぎるために世間をしくじったような性格の男だった。

まわりの僕たちは唖然とした。

そして次に怒り出した。

説教する奴もいたし、絶交を申し渡す奴もいた。

クシの歯がぬけるように彼のまわりから人が減っていった頃、そいつは彼女に愛想をつかされて部屋を叩き出された。

何年かたってその友人と久しぶりに会って一杯飲んだ。彼はうってかわったように肥って元気そうだった。

話が、その彼女の部屋を叩き出された頃のことになった。

「メチャクチャやったね、君は。全然別の人間みたいになってしまって……」

「すまん。すまんけど、あの頃はああするより仕方なかったんや」

「別に言い訳を聞こうと思ってない」

「言い訳？……。君は女と別れたことあるか」

「ふられたのはたくさんある」

「あの頃ね、僕らは愛しあってた。ただ、それだけではどうにもならんことって実際にあるんや、世の中に」

「ふうん」

「人間二人の力でどうしようもないことってあるんや。別れんと二人ともメチャクチャになってしまうみたいな」

「メチャクチャになったらあかんのかいな」

「僕が痛いのは屁でもないけど、あの娘を道連れにして痛がってるとこ見れるか？」

「ようそんな上等な口がきけるな。痛がらせたのは君やろ」

「ああでもしないと嫌いになってくれへんかったから」

「え？」

「別れんといかんのはわかってたけど、そのままやったら二人とも死ぬほう選ぶような状況やったんや。そやから……」

「嫌いになってもらえるまでメチャクチャしたんか」

「叩き出してくれるまで、やった」

「アホか お前は」

「アホや」

「いばるな」


僕はこの話でほんとにこの友人を嫌いになった。

たしかに一見いい話なのだがここからはナニワブシとかカツオブシの日本人の腐臭がふんぷんと漂ってくる。

公開質問状を出してもいい。

① どうして、死んでもいいから「二人で」立ちむかっていかなかったのか。痛みのない岸辺へ彼女をたった一人で送り出すようなことのどこが「やさしい」のか。

② 「最低の男」に自分がなることで別れ得たとする。それで彼女の傷が軽くなると思うのは女を馬鹿にしているのではないか。一緒に愛し合って暮らした何年間かを

「私の目の狂いでした」ですませるようなそんなバカな女がこの世にいると思っているのか。では「想い」とは何の意味もないガラクタであり錯覚であり、それのないところにいれば我々は「傷つかないから幸せ」でいられるのか。

③結局この男は、自分を「やさしい」と思いたいために「ほんとはやさしい無頼漢」を演じたにすぎないのではないのか。

この答えはきっと返ってこない。彼は今年の春に肝炎で亡くなってしまったからだ。ただ、僕は検事側にも弁護側にもまわりたい気はある。

それは彼が「男」という概念の、それもいちばん不毛なところに感化された犠牲者だということだ。「男」だから「女」に痛みを与えてはいけない、という妙ちくりんなオブセッション。

そのくせ、そんなご立派な騎士道の馬に乗って男たちは女を踏みつけてきた。瓜《うり》畑の瓜のようにグシャグシャ踏みつぶしてきた。

ハードボイルドの馬鹿な人たちを見ているとよく思う。

「やさしくなければ生きていけない」

彼らは自分にやさしいだけだ。「男伝説」に憑かれた病人だ。

そしてこんなバカをたっぷりと受けてくれるお皿がある。

「第一条件はぁ、やさしい人」

と答えている百人中九十人くらいの中の一人のアナタである。

この手の話を書くといつも最終的に僕はひとつの美しい想念を思い浮かべてしまう。原初、人間はひとつの卵状の球体だったという話だ。

それが神の怒りで男と女の二つにわかれてしまった。それ以来おたがいを求めあってくっついたり離れたりの永久運動をくり返している、という。

ベッドの中で僕たちは原初の卵を形成しているのだと考えるとセックスもまんざらではない。

古事記にも「成り成りて成りたらざるところ」に「成り成りて成り余れるところ」をどうだのこうだのという記述があるが、その結合図というのはきっとひとつの卵状の球形をしているにちがいない。

思うのはその球形の完璧さの中には「男のやさしさ」だの「女のやさしさ」だのの水分過多の論理はきっと介在の余地もないだろうということだ。

男と女が抱き合ってひとつの球になる。もう男でも女でもなくなってしまう。そしてその球がたまさかにうなされて見る悪い夢が「この世」なんではないか。「男女論」を見聞きしていると、そんな気がする。

愛の計量化について

「エネルギー不変の法則」というものがある。この宇宙内にあるエネルギーの総量は常に一定であって、それ以上に増えもしなければ減りもしないというあの法則である。この法則は古来からの「万物流転」であるとか「諸行無常」であるとかの思想にある種のお墨つきを与えた感がある。つまり世の森羅万象は本質的には何ら変わるものではないけれども、その相はひとときとして同じに留まることは決してなく、常に移《うつ》ろい変わっていくのだという世界観にこの「エネルギー不変の法則」がサイドからうまく説明をつけてくれる。

ところで、ここで誰もが気になるのは、では我々の内宇宙、心の中のエネルギーはどうなのだろう、ということである。女の子がよく自分の恋人にむかって、

「どのくらい私を愛してる?」

というような難問を投げかけることがある。相手の男は締まりのない顔をさらにホタホタに緩めて短い両腕をいっぱいに開き、

「こーんな、こーんなにだよ」

みたいなことを言って、その瞬間にゴキッといやな音がして肩関節が脱臼したりするのは日常茶飯の光景……でもないか。

我々の心の中では憎しみが愛情に変わったりあるいはその逆であったりの変化が時々刻々と起こっている。その意味では万物流転の相がある。ではその愛憎の本質である心的エネルギーのようなものは定量であって不変のものなのだろうか。愛情には限界量というものがあるのだろうか。あるとすれば「どのくらい愛してる？」という質問はナンセンスではなく、愛は計量化できるのだろうか。その場合、そういった心的エネルギーの総量は肺活量と同じように個体差のあるものなのだろうか。

僕の個人的な意見としては、どうもこのエネルギーの総量には歴然とした個人差があるような気がする。どうしてこんな愚にもつかないことを考えているのかというと、ケニアに住んでいるアルファント・オグエラさんという老人のことを新聞記事で見て非常に驚いたことがきっかけになっている。今年の七月某日の朝日新聞の記事なのだが、このアルファント・オグエラさんはケニア西部のビクトリア湖近くで広大な農場を経営している六十九歳の男性である。オグエラさんはこの年になるまでに全部で百二十六回結婚し、八十五人と離婚している。計算が合わないが、オグエラさんが属すケニアのルオ族という部族では重婚が昔からの風習なのである。つまり、オグエラさんは現在四十一人の妻たちと一緒に暮らしているのだ。当然のことだが今までに設けた子供の数というものも想像を絶するものである。全部で四百九十七人の子供がいる。これは、生まれた子の数ではなくて、「育った」子の数なのだ。成人して結婚した子供もたくさんいるので、孫は現在百八十五人になる。つまりオグエラさんは本人を含めて「七百二十四人家族」の家長なのである。オグエラさんは毎朝、母屋に妻たちを集めて「朝礼」をするのを習わしにしている。その場で妻たちの不満などを聞き、最長老格の妻と二人でこの種々の問題に解決を与えていくのだそうだ。オグエラさんはこの妻たちについて、

「家庭の平和を守っていくのはやっかいなことだが、わしはみんなを平等に愛しているよ」と語っている。また、オグエラさんにとっては結婚というものは「酒好きにとってのビールのようなもの」だという。

「一本飲んだらまた一本と、つい手が出てしまう」

のだそうである。

まことにあいた口がふさがらない、としか言いようのない話だが、誤解のないようにひとことケニア人になりかわって申しそえておく。ケニアの人がみんなこうなのではない。たしかにこのルオ族は一夫多妻制を良しとする民族ではあるが、最近では経済的な理由などから、普通の人はなかなか二人目の妻を迎えることができないでいる。

オグエラさんのような「かいしょ持ち」はケニアでも珍らしい存在なので、地元の新聞も驚いて取り上げたからこのニュースが日本にまで伝わってきたのである。

しかし、経済的なことはひとまず置いておくとしても、オグエラさんのこのケタはずれの受容量はとても人間のものとは思えない。オットセイの王さまでもオグエラさんの前では顔色《がんしょく》がないにちがいない。

オグエラさんは「わしはみんなを平等に愛しているよ」と言っておられるが、これはまあ秩序を維持していくための政治的発言であろう。話半分として聞いておいたほうがいい。ただ、かりに半分だとしたところでそれでもオグエラさんは二十人くらいに相当する女性に対して愛情を注ぎ込んでいることになる。このエネルギーの総和というものは、我々常人の想像の範囲を越えた量であると思われる。かりにこの巨大なエネルギーを、もし一人の妻に対して全部注ぎ込んだなら、その女性はおそらく過大な愛情のために死んでしまうか発狂してしまうかするのではないだろうか。愛情の量に個体差がある、と言ったのはこのことである。ただし、こんな超人的な愛情の量を持つことが、はたして幸せなのかどうかは僕にはわからない。オグエラさんはたまたま父親から広大な農場を相続するという幸運な星の下に生まれたからよかったようなものの、これがもし妻一人も養いかねるような貧しい境遇にあることを余儀なくされていたならどうだったろう。今度は逆にオグエラさんのほうが行き場のない愛情のために膨《ふく》れあがって破裂してしまっていたのではないだろうか。そういうことを考えると、我々のような凡人の持つエネルギー量がいちばん妥当なところなのかもしれない。ところで僕自身の愛情の保持量はどれくらいかというと、まあたいしたことはない。ほんの十人力くらいのものである。収入は人並みである。つらい。

失恋について

1

昔、僕の勤めていた会社の上司に、かなり頭のチューニングの狂った人がいた。九州の西川峰子の出た村のそのまた奥の村から出てきた人で、毎日毎日、都会生活と格闘しているようなところのある人だった。

僕たちはいつもコンビを組んで営業にまわっていたのだが、あるとき、得意先の担当者と話していて、出身地の話題になった。その担当者は四国の出だということだった。それを聞いたとたんに僕の上司は身をのりだして、「ほう、四国ですか。四国だったならあなた、小宮さんという人、知りませんか？」

僕はその瞬間、下を向いて必死で笑いをこらえた。この人は四国というものをいったい何だと考えているのだろう。

担当者のほうは、しばらく目を中空に泳がせて、何かに耐えるような顔つきをしていたが、やがて自分を取りもどしたのだろう。いつもの営業スマイルになって、

「小宮さんですか。いや、知りませんねえ。四国といってもねえ、あれでけっこう……広いですから」

この上司はいたるところでこれをやるので、そのうちに僕はやんわりとたしなめるようになった。

「あのね、尼崎市といってもね、広いんですよ。人口は七十万人くらいいるんだから。ね？　田川市の中元寺《ちゅうがんじ》とはだいぶちがうんだから」

ところが、一度だけだが驚かされたことがある。そのときの相手は滋賀県の人だったのだが、例によって上司が、

「なに？　滋賀県の守山市。それじゃ、あなた、栗崎という人を知りませんか」

とたずねた。たしなめようとしたところ、相手の人が、

「栗崎？　一本松の栗崎？　知ってる」

と答えたのだった。守山というのがどういうところかよく知らないが、これはおそらく全くの偶然の一致だろう。そうであることを祈りたい。

これと似た話が雑誌の投書欄にのっているのを見て笑ってしまったことがある。東京に住む大学生からの手紙だが、この学生のところにある日、田舎の同窓生が東京見

物をかねて会いにくることになった。東京駅まで迎えに行くと、その同窓生は新幹線を降りてホームに立つなり、深々と深呼吸をした。何度か深呼吸をしたあとで、うっとりとして、

「ああ。これが松田聖子のフトモモの間をくぐってきたのと同じ空気かあ」

ま、そういう考え方をされてもいちがいに間違いであると断定はできない。たしかに松田聖子の足の間を通り抜けた空気の粒子の一個や二個が混じっていても不思議ではない。しかしそれを言うなら、吸い込んだのがガッツ石松の足の間を抜けた空気である怖れだって十分にあるわけだが。

ただ、こういう物の考え方を田舎者呼ばわりして跡形ないほどに笑いとばすことに僕は躊躇をおぼえる。そういう物の考え方にすがりつくことによって生きていける場合があるからである。

僕の知人で、大阪で仕事をしていた人が、ある日突然東京に引っ越しをしてしまった。仕事の都合かというとそうではなくて、むしろ自分のつちかってきた地元の畑をみすみす捨て去ることになる。東京に友人がたくさんいるわけでもないし、食べていくうえでも生活のうえでもデメリットこそあれ、得なことはひとつとしてない。それなのにどうして行くのかと尋ねると、知人は言い渋っていたがやがて、

「それは、好きな人が東京に住んでいるからだ」

と答えた。

彼はその二、三年前にある女の子に非常に激しい片想いをしていた。が、いろいろな事情があってその想いは通じることがなく、相手の女の子は東京へ出ていってしまった。

その後の風の便りによると、女の子は東京で恋愛をして、その相手と同棲するようになったらしい。

知人は一人大阪に住み暮らして、もうそのことは忘れたものと誰もが思っていたのだが、それほど浅い想いではなかったようだ。

「そうやって幸せに暮らしているのなら、それはそれでいい。住所も知っているけれど、会いに行けるわけはない。絶対に行かないと思う。ただ、東京に住んでいれば、何百万分の一かの確率ででも、道でばったり会う可能性というものがあるだろ。その思いだけがあれば一日一日をやり過ごしていける。それに東京に行くといつもこう思うんだ。あの人が息を吐くだろ。僕が息を吸うだろ。それはつまりひとつの空気をやりとりしていることなんだ。雨がふったらその同じ雨に濡れるということなんだ。ホテルの窓から夜景を見たりすると、いつも思う。あの光の海の中の、どれかひとつが、あの人の住んでいる家の、窓の光なんだ、と。そう思っているだけで生きていける。大阪にいるとね、それがないんだ。ここには何にもない。ここにいる間は生きてても死んでいるのと同じだ。だから、東京に住むことに決めた」

僕はこれを聞いて不覚にも落涙しそうになった。どうしようもない奴だ、とは思った。そんな糞の役にも立たないセンチメンタリズムをかかえていて、どうやって生きていくつもりなのか、と腹も立った。頭ではそう考えているのだが、体の奥のどこか不可視の部分がざわざわと揺れ動いて共感を訴えてくるのをどうしても止めることができなかった。

2

最近、女性週刊誌からの取材記事のようなものが続いて、「恋愛を成功させるキーワード」だの、「男から見たいい女とは何か」だののノウハウについて意見を聞かれた。もちろんそんなことは知らないので、嘘八百を並べ立ててその場を逃げたのだが、そうしたやり取りの中で、僕が、恋愛なんてものは二度としたくない、まっぴらご免だ、と言うとたいてい不審そうな顔をされる。嘘をついていると思われるらしい。

その手の反応を示されるとこちらも不安になるので、送られてきた女性誌を見ると、なるほどと納得がいった。つまり女性誌というものは食べ物の記事を除いては、一から十までが恋愛に関連したノウハウばっかりなのである。それ以来、見ると腹が立つので送られてきてもなるべく頁を開かないようにしている。

「おしゃれな恋がしてみたい！」みたいな特集タイトルを目にしただけで、僕はのど元までゲロがこみあげてきそうになる。人のことだから別に放っておけばよいのであって、「おしゃれな恋がしたい」人は勝手にすればいい。「彼をドキッとさせる、いい女の演出法」なんかも駆使なすって、飽きてきたら、「お互いが傷つかないための別れのセリフ」を使うといいだろう。ただし、自分自身がこうした腐ったノウハウものに加担することは極力避けることに決めた。

中学生なら話は別だが、恋愛を「したい」という人の頭はどうかしているんじゃないか、と僕は思っている。どうかしているか、なにか別のものを恋愛と勘ちがいしているかのどちらかだろう。

出会うということが別れることの始まりであるのは小学生にでもわかることだ。

「人に出逢えば、それだけ哀しみが増えますから」

というのは山岸涼子のマンガのセリフだったろうか。恋愛について語るのは、つまりこれをいろいろな人がいろいろな口調でくり返し語り直しているに過ぎない。

恋におちることは、つまりいつかくる何年の何月かの何日に、自分が世界の半分を引きちぎられる苦痛にたたき込まれるという約束を与えられたことにほかならない。

マゾヒストなら話は別だが、この世のどこに好きこのんで苦痛を求める人がいるだろう。

だから僕はいつも、病気を避けるように、台風から家を守るように、悪霊から逃れるように、つまりそういう祈りに近い感覚で恋愛を遠ざけようとしてきた。もしできることなら脳のどこか、恋愛をつかさどる中枢のどこかにメスを入れてでも、痛みのない平穏な世界に逃れ、不感無覚の微笑を浮かべたままで暮らしたいと思っている。

しかし、神様が意地悪でそれを許してくれないならば、せめて「得恋《とくれん》」ではなくて「永遠の片想い」に身を置きたい。

決してかなうことがない想いを抱いて、恒久的に満たされることのない魂を約束されているのなら、それはそれでひとつの安定であり平穏である。失うことの予感に恐れおののくこともない。もともと失った状態が常の存在のありようであり、哀しみが不変の感情のベースになる。それは一種の「幸福」と呼んでさしつかえないかもしれない。

それが、「意に反して」得恋してしまったときに、人間は「死」に一番近づいている。

想いのかなった至上の瞬間を永遠に凍結させたいと願うからでもあり、愛の最期の形として「死に別れ」を望むからでもある。

だから、同じ空の下に想う相手が生きて住むことを幸せに感じ、その人が住んでいる「世界」そのものをも愛おしむ気持ちでいられる、片想いの状態にある人を見ると、うらやましく思ったりする。

灯りの話

僕は商売で歌の詞を書くということはほとんどしないけれど、コマソンはたまに書く。おととし、神戸のカネテツデリカフーズという会社のＣＦをつくらせてもらったときに書いたＣＭソングの、以下は歌詞である。演奏は憂歌団にやってもらって抜群のできだったがレコードにはなっていない。僕だけがこの〝幻のテープ〟を取り出して、ときどき聴いている。

♬遠い窓のキャンドル
　痛いほど見つめてる
　この街のどこかにきっと
　あの娘《こ》の窓がある

遠くから来たんだ

闇しかない国から
この夜のどこかで輝いてる
あの娘の窓 夢見てさ

小石を投げるから
窓を開けておくれよ
岬が入江を抱きしめるように
おいらを抱いとくれ♬

この歌はたまたまクリーデンス・クリアウォーター・リバイバルを久しぶりに聴いていて、その中の「光ある限り」という曲からイメージが湧いてきて書きとめたものである。

「光ある限り」はバラードタイプの美しい曲で〝Sixteen candles in the window〟という出だしで始まる。僕は英語のヒアリングがあまりよくできないのだが、〝窓からこぼれる光を目指して、俺は家に帰るんだ〟みたいな内容らしい。訳詞をつくるわけではないので別に対訳はいらない。その場でこのイメージをもとに詞をつくってしまった。

僕は自分のバンドのレパートリーをつくるときによくこの手を使う。古いヒットナンバーで、メロディーと出だしの文句だけ覚えているような曲がある。無性に演奏してみたいのだが、そういう曲に限ってレコードも歌詞カードもない。仕方がないのでイメージをもとに自分でつくってしまう。盗作だと言われれば盗作なのだが、そうでないと言えばそうではない。この「光ある限り」も歌詞を書いて曲を変えて、まったく別のものにしてCFに使った。

遠い我が家からこぼれる光を目印にして家路をたどる、というイメージは美しい。その窓の灯《ひ》が恋しい人の窓であればもっと美しい。たずねる男はジャン・バルジャンのような中年の放浪者がいい。窓からこぼれる光は、「マッチ売りの少女」が見たような、暖かくて幻想的でうまそうな食べ物の匂いの混じった光であるはずだ。大都会の光の洪水の中でひとつだけちがう光り方をしているのでそれと見わけられるのだろうか。それともビートルズの「ロング・アンド・ワインディング・ロード」のように、羊腸たる道を登りきった丘の上の一軒家だろうか。あるいは「ホテル・カリフォルニア」のように、砂漠の向こうで女主人がかざすランタンの光のようなものだろうか。どれでもよいような気がする。

もう十年も前になるだろうか。初めて仕事で東京へ出てきて、高層ホテルの窓から東京の街の灯りを見おろした。この広大な光のじゅうたんの中の、どれかひとつの光が、まちがいなく僕の想う人の窓の灯なのだった。それは砂漠の中でひとつのピンを探すようなことで、またそんなことをするような縁の人でもなかったけれど、この光の渦の中にその人の住む家の窓の灯りがあるのも、またまちがいのないことだった。僕は眼下の光を見おろしながら、自分のセンチメンタリズムの途方もない女々しさを嘲った。人間はそんなことを考えていては生きていけないのである。だからその想いはＣＭソングにして金にかえ、その金でしこたま酒を飲んだのだった。

よこしまな初恋

　僕の初めての恋というのは、いわば「邪恋《じゃれん》」である。

　比較的早熟だった僕は、小学四年生のときにその恋心らしきものを初めて女の子に抱いたが、それはほとばしるような「肉欲」をともなったものだった。ただ僕はセックスの何たるかをまだ知らなかったので、行き場のない情熱を胸にくすぶらせつつ、ただただ悶々としていたのである。

　それにくらべると、その後の青年期の恋というのはまったく反対で、非常に清澄《せいちょう》で透明なものだった。想う気持ちが激しければ激しいほど、それは崇拝と自己犠牲のような感情へと昇華されていくのだった。そこでは肉欲の影が薄れていく。かりにそこでセックスがあっても、それはなにか階段を上っていくための通過儀礼のような感じで、多分に儀式的なものなのだった。

　だから、子供の頃の初恋が「邪恋」で、大人になってからの恋が「純愛」だという、この倒立した関係は、僕にはとても面白く思われるのだ。

四年生のときに、尼崎市の学校から神戸市の小学校へ転校した。緊張していたので、その頃のことは鮮明に覚えている。編入したクラスではKさんという女の子が級長をしていた。聡明そうな顔つきの子で、表情もいきいきとして可愛かった。

転校して初めての体育の時間に、フォークダンスのようなことをやらされた。四十数人の生徒が、いくつかの輪にわかれて、ステップを踏みつつクルクルまわるのである。

僕のいる輪の中にKさんもいて、しかも僕の真正面に位置していた。僕はなんとなくうれしくて、この気持ちは何だろう、と不思議に思った。

今はどうなのか知らないが、その頃の女の子の体操服というのはブルマーである。かのブルマー夫人が考案したという、いわゆる「ちょうちんブルマー」なのだ。

そのブルマー姿の女の子たちと輪をなしてまわっているうちに、僕はおかしなことに気づいた。他の女の子たちはみんな股下数センチくらいのところまでブルマーを引き下げてはいているのに、Kさんだけが異常に下のほうまでブルマーを引き下げているのである。Kさんは腿《もも》の半ばくらいまでをブルマーでおおい隠しているのだった。

僕は何か違和感を覚えて考え込んだ。

「Kさんはどうしてあんなにブルマーを引き下げてるんやろう。ものすごく極端な恥ずかしがりなんで、脚を見せるのが恥ずかしいのだろうか。あるいは、腿の上のほうに、何か見せたくないものがあるのかもしれないな。アザとかヤケドの痕《あと》とか。あるいは……」

僕は、とんでもない想像をしてしまった。Kさんの脚の形が、ブルマーの形そのままに、脚の半ばから上がぽっこりふくらんでいるところを思い描いてしまったのだ。発想が飛躍してしまう癖は、どうもこの頃からのもののようだ。

さて、体育の時間が終わった。ゾロゾロと教室へ帰っていく途中のこと。僕の前をKさんとAさんという女の子が歩いていた。

Aさんは僕のほうをチラッチラッと見ながら、聞こえよがしにKさんに言った。

「中島くんってね、踊ってる間、ずっとKさんの脚ばっかり見てたのよ」

僕はギョッとした。そういえば、体育の間中、僕はあれこれ考えながら、Kさんの脚ばっかりを注視していた気がする。

その告げ口を聞いたKさんは、僕のほうを振り返ると、僕の顔をジッと見て、少し恥ずかしそうに笑いながら、

「……エッチ」

と言った。

まさにこの瞬間、僕はガーンと初恋にやられてしまったのである。しかも、「エッ

チ」で始まった恋だから、邪恋になってしまうのも仕方がないかもしれない。

うんと引きおろされた、Kさんのブルマーの中身をあれこれ想像しているうちに、僕はなんだか熱っぽくなってしまった。おそらくは性の目覚めがこの頃から起こったのだろう。毎日学校へ行ってKさんの顔を見るのが無上の喜びになった。

その一方で、僕は性のことをいろいろと探り始めていた。だから僕の国語辞典は、「せ」の項目のところだけに手垢の黒い筋がついてしまった。「生殖」「性器」「性交」「セックス」と、「せ」の項はエッチの宝庫なのである。

大人になってから男友だちと話していると、みんな似たようなことをしていたらしい。辞典だの『家庭の医学』だのを、親が市場へ行っている間にこっそりと盗み読みするのである。「性器」といった「単語」だけを見て、それでけっこう興奮していたのだから、可愛いといえば可愛い。

そうやって性の知識をたくわえていきつつも、そこはそれ、子供の社会である。日常の行動の中に、そうしたことが関与してくるわけではない。先生の手前もあって、きわめて無邪気をよそおっている。中でも悪がしこいガキであった僕は優等生を演じていたので、例の「スカートめくり」などもいっさいしなかった。内心ではKさんの太腿上部の謎を、見たくて見たくてカッカしていたのだが、そんなことはおくびにも出さない。Kさんと遊ぶにしても、ドッヂボールだの鬼ごっこだの、まことに頑是《がんぜ》ない遊びをつむいでいるにすぎなかった。

ただ、ある日、その偽装された無邪気さが破られるときがきた。

その日、僕とKさんは鬼ごっこのようなことをして遊んでいたのだと思うが、何かの拍子に僕がKさんを口でからかって怒らせてしまった。負けん気の強いKさんは、僕の腕をつかむと、掌《て》の親指のつけねのあたりに思いっきり嚙みついた。

折しもそのとき、授業開始のベルが鳴って、Kさんは僕にアカンベをしながら校舎に駆け込んでいった。

残された僕は、Kさんに嚙みつかれた、自分のてのひらをジッと見つめた。そこにはくっきりとKさんの前歯の痕が残り、そのくぼみにKさんの唾液が少しだけついていた。

僕はしばらくためらった後、そのKさんの残した嚙み痕にブチュッと吸いついた。

今考えると、これではまるで「ノートルダムの〜男」か、ブレーキの壊れた「無法松」ではないか。

初恋が邪恋であったというのも、今となってはおかしいけれど、今でもKさんは昔の少女の姿のままで夢に出てくることがある。

よこしまななりに、想いは深かったのだろう。

恋の股裂き

この前、テレビのインタビューを受けてずいぶん困ってしまったことがあった。受験なのに女の子に恋をしてしまって勉強が手につかなくて困っている高校生の男の子にアドバイスをしてくれ、と言うのである。これに答えるのはむずかしい。

「どうしても答えなきゃいけないんですか」

と尋ねたが、それは当たり前だ。ギャラをもらう以上、答えなければいけないのだ。僕自身、十八で高校三年生のときに強烈な恋におちてしまって、勉強どころではなくなって、あげくに浪人をした経験がある。浪人の間もデートばかりしていて、恋愛の歓喜と将来に対する絶望とで「恋の股裂き」にあっているような一年だった。大阪芸大になんとかもぐり込めたので、それで四年間の執行猶予ができたけれど、もう一年浪人していたら彼女をとるか大学をとるかみたいな決断を迫られたろうと思う。仮定でものを考えても意味はないけれど、もしそうなっていたら、僕は学校のほうをあきらめただろう。恋というのはそういうものだからだ。だからそのテレビのインタビュ

ーに対しても、恋に悩む男の子に対しては、

「運が悪かったですね」

と、まずなぐさめるより仕方がなかった。その上で、

「もし彼女を捨てて勉強ができるものならばそれに越したことはない。ただ、それは結局恋ではなかった、ということです。ほんとうの恋というものは、自己保存の本能をも突き破って、ときには自分を死に至らしめるほどの、あらがいようのない力を持ったものです。制御できるとすれば、それはつまり恋ではなくて、〝性欲〟とか〝同情〟とか他の言葉で代替できるものなのです」

という風に答えた。

恋に一番似ているものをもしひとつだけ挙げるとするならば、それは「病気」だろう。それは人間を判断不能の状態になるまで熱であぶり、好むと好まざるとにかかわらず人に襲いかかってくる。受験期にそういうものに襲われた人に対しては、

「運が悪かったですね」

と言うよりほかにどんな言いようがあるだろう。タイミングが実にまずかったのである。もしそれが「仮性恋愛」で克服のきくものならば何とかなるだろうけれど、真性のものであれば、まず勉強なんかはできないはずだ。もしもその子が、

「自分の将来のことを考えて、この一年は勉強に専念して、恋愛は来年の春まで凍結

しときます」

みたいなことのできる奴だったら、そいつはずいぶん「いやな奴」だと思う。そんなことの可能な人間はどうせ恋愛の苦痛も歓喜もわかりはしないのだから、せいぜいエリートになってお見合結婚でもすればいいのだ。恋愛はたしかに「病気」で、それはときには死に至る病であるけれども、同時にそれは「世界で一番美しい病気」でもある。かかった人は災難だとも言えるし、幸運だとも言える。恋愛が人間の魂を運んでいく高みというのは途方もないものだ。そこまで人間を運んでくれるものといえば他には「宗教的法悦」があるのみなのだ。高いところは怖いが気持ちがいい。そこからは美しいものも醜いものもすべてが見渡せる。一度そこまで昇った魂を地上へ引きずりおろせるのは「失恋」だけである。「受験」だの「親の説教」だの「自分の将来」だのでは決してない。

僕が恋愛というものをこれほど「認める」のは、自分の中に一種の「歪み」があるからではないか、と思うときもある。中学一年から高校の三年までを男子校で過ごしたために僕は現実の女の子というものを見すえる能力を持たないままに育ってしまった。僕の中では女性というものが「天使」と「娼婦」の二つの要素だけにくっきりと分かれてしまったのだ。現実の女の子というものはもちろん「天使」でも「娼婦」でもなく、あるいは「天使が四分で娼婦が六分」みたいな混合物でもない。女の子はただ「女の子」であるだけなのだが、そこのところが実感としてよくわからない。これはいろんな人に尋ねてみても、男というものは多かれ少なかれこうした固定観念を持っているようだ。現実の女の子をスペクトル分析して「聖」と「俗」の二要素を分けようとする。スペクトル分析はスペクトル分析に過ぎないのであって、そこに女の子の実態はない。ただそれでも分光器の画像のみを見つづけていると、「後藤久美子はウンコをしない」みたいな一種の狂信的天使崇拝におちいってしまう。その対極では「女はみんなメスだ」といった唯物的女性観が肥大していく。こちらの側の人間は大人のオモチャを買ってきて女の子をレイプしたりする。多くの場合は一人の女の子の中にこの「天使崇拝」と「娼婦願望」がひそんでいて、心の中でジキルとハイドが戦争をおっ始めることになる。何のことはない、現実を見すえようとしない自分の中の抽象性が女の子という鏡に反射して自分自身を引き裂いているのである。これもまた「恋の股裂き」の一種だろうか。

そうやって両極に引き裂かれながら、少年期の僕は結局、「天使」にも「娼婦」にも声をかけることができずじまいだった。というよりは一種の女性恐怖症におちいってしまったのである。女の子が前にくると全身が硬直して一言もしゃべれなくなってしまった。アガッていると悟られるのはいやなので、つっけんどんにふるまう。そのうちに〝あの人は女嫌いだ〟という定評がたって、女の子たちは僕のことを「放っておいて」くれるようになった。ありがたいやら情《なさ》けないやら、このまま出家して坊主になろうかと思ったのが僕の十代だ。

学生のうちはだめだったが、社会に出て働き始めてからこの対人恐怖症は少しずつ治っていった。営業マンになったので「女の人とは話せません」では通用しなくなったのだ。仕事先のOLや、下請けのおばちゃんなんかと毎日話をしているうちに、一日一日、薄紙をはいでいくように治っていく。天使もいなければ娼婦もいない。「天使で娼婦」である二面夜叉みたいな人もいない。あるのはただそこに生きている「女の人」だけである。スペクトル分光器の焦点が合いだして、だんだんと実像に近いものが結ばれ出したのだ。

ある夏の日、得意先の会社がはいっている雑居ビルの階段をのぼっていると（そこは古いビルでエレベーターもなかったのだ）、上のほうの踊り場のあたりで何やらバサッバサッと変な音がしている。下からのぞいてみると、得意先の経理の女の人が、あんまり暑いものだから階段の踊り場でスカートをバホッバホッとはためかせて、股の間に風を入れているのだった。その人はいつも仕事の応対でしゃべるけれど上品で、かといってすましてもいない、ごくふつうの、感じのいい女の人なのである。その人が階段の上でスカートをパタパタさせて「悪い空気」を追い出しているのだ。下から

見るとパンツがよく見えるので僕はどうしようかと思ったが、その人はやがて僕がのぼってきているのに気づいて、

「あらぁっ！」

と言って恥ずかしがった。その様子がどうこういうことではなくて、そこにいるのはつまり「女の人」であるだけの「女の人」で、天使でも娼婦でも何でもない人だった。僕の中で女の人の実像がくっきりと結ばれたのはその頃からである。現実の女の人の中に天使を見てそれに恋するのでもなく、娼婦を見て肉欲を湧かすのでもなく、ただそこにいる「女の人」を見、会話することができるようになった。困ったことに現実を直視した上でなおかつそれでもおちいってしまう恋愛は、天使へのそれよりも娼婦へのそれよりも重い症状を示す。病気としては最悪のものだ。相手が抽象でないだけに引力も強い。不治《ふち》の病といってもいい。「運が悪い」と思ってあきらめるしかないのかもしれない。ツルカメ・ツルカメ……。

ご老人のセックス

高齢化社会がそこまで来ている。そこまで来ているというよりは、もうすでに玄関口のところにうっそりと佇んでいて、今まさにチャイムが鳴ったところに我々はたちあっている。

そこには、再雇用の問題、福祉や税制の問題、パンクしかかった年金制の問題などのフィジカルな難問が山積みしているが、その一方には「老人の生きがい」といったメンタルな問題が大きくたちはだかっている。「老人の性」ということについても、ここ何年か各新聞や雑誌が大きく取り上げ、真剣な討論がなされ始めたようだ。老人のセックスというと若い読者諸君は笑うだろうが、これは我々すべての将来に例外なく立ちふさがってくる事柄であり、決して興味本位に扱ってはならない。絶対に興味本位に扱ってはならない。興味本位に扱ったりすることは許されないのだ。

『仏壇の扉をそっと閉めると茂兵次《もへじ》は軽く掌《て》を合わせ〝堪忍してくりゃれ〟と心の奥

で亡妻に向かって呟いた。

「仏さんが見よった」

自分でも驚くほどの明るい声が、振り向きざまの喉仏から発せられた。ふとんの上で所在なげにその様子を見守っていたトメの頰にポッと血の気が点り、渋皮を貼ったような肌がますます茶渋色に染まった。

そんなトメを茂兵次はウットリと眺めながら、おずおずと手を差し出し、トメのアゴを軽く持ち上げた。喉にいく条《すじ》かの縦ジワが寄り、リンパ腺の部分に紫色の血管が浮き出ていた。それは刺激的な眺めだった。

「……可愛い……」

茂兵次のその呟きを聞いたトメは、もう身も世もあらぬ風情で身をよじるのだった。

ボキボキと腰の関節が乾いた音をたてる。

何十年ぶりかに湧きあがる秋情はせき止めようもない。茂兵次はトメを犇《ひし》と抱きしめると、シュミーズの胸に手を忍ばせる。

「堪忍《かに》だ。堪忍《かに》しとくんなはれ」

あらがうトメの声から徐々に力が失せていき、ヒュー、ゴロゴロという痰のからんだ吐息にかわった。

茂兵次はカサコソと乳を揉みしだく一方、余った手でシュミーズの肩紐を滑り落と

した。今しも差し込む西日に照らされて、掌の中の乳房があらわになった。外見は年よりも十は若く、六十そこそこにしか見えぬトメだったが、その乳房はもう十分に枯れきって、さながら柿の木に百舌《もず》の残したカエルの干物のような枯淡な色気を漂わせていた。

「トメさん。わ……わしのを……」

茂兵次はもうたまらず叫ぶと、越中をはずす手ももどかしげに、やはり干柿のような己れのものをトメの顔の前に突き出した。

トメは最初驚いたようにイヤイヤをしながら念仏を唱えていたが、やがて諦めたように微笑むと、自分の口中に指を差し入れ、カバッと入れ歯をはずした。

「ひょっふお、まっふえふあはいね」

はやる茂兵次を手で制したトメは、流しからコップに水を汲《く》んで来て、入れ歯をその中に浸し、洗浄のための錠剤を一つ、その中に落とし入れた。その奥床しい仕草が茂兵次の欲情をいやが上にも駆り立てるのだった。

洗浄剤が発泡するシュワーという音につられたかのように、初秋の庭で残りゼミがいっせいに鳴きはじめた』

と、ほぼ興味本位に老人向けポルノの冒頭部を書いてみた。タイトルは「秘本・床ずれ枕」というのにしようかと思っている。

考えてみれば、世にロリコンポルノ、ホモポルノ、SMポルノの類が満ち溢れているにも拘《かか》わらず、ご老人受けの「老いらくポルノ」がないというのは片手落ちで不親切ではないだろうか。不勉強を恥じずに言えば、一般小説の類でも老人同士のセックスシーンというのはほとんど出てこない。（最近読んだものの中では草野唯雄「七人の軍隊」の中に少しだけあった）「お達者くらぶ」やゲートボール大会を陽の世界とするなら、一方に「老人の老人による老人のための」谷崎潤一郎的な陰の半球に通じた書物があってしかるべきだろう。

ジョージ秋山の「浮浪雲《はぐれ》」に、何かというと説教したがる、やたら枯れて悟りきったような隠居が出てくる。あれなどは自分の生臭さに悩む若者が己れの煩悩《ぼんのう》のネガとして想念の中で作りあげた影像の典型であろう。そうした架空の公園の明るみの中の架空のベンチに座らされ、「枯れきった」役割を強要される老人たちこそ、いい面《つら》の皮だ。

せめてもの腹いせに、嫁が市場に行ったスキを盗んで、ドキドキしながら開くようなエグい本があってもいいだろう。「老婦人公論」とか「微苦笑」とかいうタイトルがいい。「もっと感じるシワの愛され方」「閉経期から始まるエンジョイ・セックス」「エレクト無用――フニャチンでも達する十三の体位」「座談会――オーラルの楽しみは歯が全部抜けてからね!!」「芋煮会の河原でアウトドアセックスに目覚めた私」ETC、取り上げる内容は無尽蔵にあるだろう。こういった雑誌を読んで濡れそぼり、立ちまくり、たとえ交接点から煙がのぼろうが何しようが、チンチンに副木を当ててもヤルという元気な老人に、僕はなりたいと思う。

サヨナラにサヨナラ

空気が冷たく澄んで星の美しい季節になった。この季節が僕は大好きで、真夜中にコンビニエンス・ストアや貸ビデオ屋に寄った帰り道、水っ鼻をすすりながら夜空をよく見上げる。冬の夜空の星は豊かな果樹園に実る葡萄の粒のようで、手を伸ばせば届きそうに思われる。そんな星空を一分でも二分でも見上げていると、この世の瑣末《さまつ》な悩み事などどうでもよくなってくるし、自分の生き死にさえたいした問題でなく思えてくる。

空を見上げるとき僕が見ているのは「空いっぱいの悠久の過去」である。そこに今見えているのは宇宙の開闢《かいびゃく》以来の過去を、同時に空いっぱいの光として見ているのだ。たとえば天の川を見る。天の川は我々の住む銀河系の総体であって、太陽系はご承知のようにそのごく端っこのほうにある。円盤型のこの銀河の大きさは約十万光年とされている。つまり天の川の中の光のひとつは十万年かかってこの地球に届いたものなのだ。金星や火星が何分か前に出した光と十万年前に放たれた光とを我々は同時に見ているわけである。

十万年どころではない、アンドロメダ星雲などは二五〇万年前の光だし、望遠鏡をのぞけばもっともっと過去の光を見ることができる。夜空は時の悠久の流れを一望のもとに照らし出すスクリーンなのである。そのスクリーンの中には、この宇宙開闢のときの姿さえ見出すことができるのだ。

ビッグバン理論によれば、宇宙は超高密度のボールくらいの大きさのものから膨張が始まって、それ以来膨張し続けている。我々の銀河は秒速一〇〇〇㎞の速さで「後退（前進?）」を続けているが、これは宇宙の「端」へ行くほど速度が大きいわけで、現在の観測では光速の九〇％の速度で後退している天体までが発見されている。

逆に、空が過去のすべての姿を映しているのなら、宇宙開闢のビッグバンの残した光も当然あるはずだ。ただし正確にいうと、原初の宇宙には光はない。あまりの超密度のため、光がすべて吸収されるブラックホールになっているからである。見えるとすればそれはビッグバンより後の光がブラックホールの前を「よぎる」姿である。これは「黒体輻射」と呼ばれていて、一九六四年にベル電話会社研究所のペンジャスとウィルソンの二人の技師が、マイクロ波のアンテナの雑音を測定する実験から偶然発見した。

詳細を言いだすとキリがないが、それら黒体輻射の発見などから、今の宇宙の膨張は少なくとも一〇〇億年前くらいまではさかのぼることができる。一〇〇億年である。だから自分の一生などはそれにくらべると瞬間ですらない。だからこそ大事でもあり、たいした問題でなくもある。

ところでこうしたことを考えているうちに僕は奇妙なことに考えついてギョッとしたことがある。我々はこうして夜空に「過去」を見ているわけだが、それなら厳密にいえば、我々が目にするもの森羅万象、何ひとつとして「現在」のものはない。我々が見ているのはこれすべて「過去」なのである。

たとえば我々は太陽を見るが、それは厳密にいえば今から八分前の太陽の姿である。遠い丘の上で恋人がこっちに向かって手をふっているのが見える。その丘が一㎞向こうだとすると、その恋人の姿は光速の「二九万九〇〇〇㎞分の一秒前」の姿である。海外へ電話をすると、相手の答えがほんの少しの間合いでずれるが、あれをもっともっと微細にしたようなことが視覚の世界でも起こっているわけだ。たとえ僕の目の前のテーブル越しに、愛する人が笑っていたとしても、それは「無限分の一秒」過去の笑顔なのである。

人間の実相は刻々と変わっていく。無限分の一秒前よりも無限分の一秒後には、無限分の一だけ愛情が冷めているかもしれない。だから肝心なのは、想う相手をいつでも腕の中に抱きしめていることだ。ぴたりと寄りそって、完全に同じ瞬間を一緒に生きていくことだ。二本の腕はそのためにあるのであって、決して遠くからサヨナラの手をふるためにあるのではない。

初出一覧

＊本書では、最新の形（基本的に文庫版）のものを底本としました。

第一章　あの日の風景——生い立ち・生と死

幼時の記憶　『ロバに耳打ち』（双葉社、二〇〇三年～双葉文庫、二〇〇五年～講談社文庫、二〇一三年）
ナイトメア　『ロバに耳打ち』
ナイトメアⅡ　『ロバに耳打ち』
歌うこわっぱ　『ロバに耳打ち』
プチ・ブルの優雅な生活　『ロバに耳打ち』
街の点描　『ロバに耳打ち』
親父　『ロバに耳打ち』
出っ歯の男　『ロバに耳打ち』
土筆摘み　『ロバに耳打ち』
あの日の風景　『ロバに耳打ち』
十年目の約束　『西方冗土』（飛鳥新社、一九九一年～集英社文庫、二〇〇四年）～『その日の天使（人生のエッセイ）』（日本図書センター、二〇一〇年）

O先生のこと『僕に踏まれた町と僕が踏まれた町』（PHP研究所、一九八九年～朝日文庫、一九九四年～集英社文庫、一九九七年）
月島の日々『その日の天使』
初出社はロンドンブーツ『あの娘は石ころ』（双葉社、一九九九年～双葉文庫、二〇〇二年～講談社文庫、二〇一二年）
F先生のこと『変!!』（双葉社、一九八九年～双葉文庫、一九九五年～集英社文庫、二〇一〇年）
その日の天使『恋は底ぢから』（JICC出版局、一九八七年～集英社文庫、一九九二年）～『その日の天使』
わが葬儀『固いおとうふ』（双葉社、一九九七年～双葉文庫、二〇〇〇年）
楽園はどこにあるのか①～④『とほほのほ』（双葉社、一九九一年～双葉文庫、一九九五年）

第二章　酒の正体――酒・煙草・ドラッグ

ひかり号で飲む『砂をつかんで立ち上がれ』（集英社、一九九九年～集英社文庫、二〇〇三年）
酒の正体『愛をひっかけるための釘』（淡交社、一九九二年～集英社文庫、一九九五年）
踊り場の酒盛り（上）（下）『僕に踏まれた町と僕が踏まれた町』

二日酔いと皿うどん　『僕に踏まれた町と僕が踏まれた町』（サンマーク出版、一九九九年）
酔っぱらい　『中島らものたまらん人々』（サンマーク出版、一九八七年〜徳間文庫、一九九一年〜双葉文庫、一九九五年〜講談社文庫、二〇〇九年）
「カチャカチャ酔い」について　『獏の食べのこし』（ＪＩＣＣ出版局宝島 Collection 、一九八九年〜集英社文庫、一九九三年）
「エサ」と酒　『獏の食べのこし』
スウィーテスト・デザイア　『獏の食べのこし』
いける酒　『せんべろ探偵が行く』（文藝春秋、二〇〇三年〜集英社文庫、二〇一一年）
運転手の話　『せんべろ探偵が行く』
かど屋のこと　『せんべろ探偵が行く』
安い酒・高い酒・不味い酒・美味い酒　『せんべろ探偵が行く』
スタンディング・ポジション　『ポケットが一杯だった頃——単行本未収録原稿「エッセイ、対談集」』（白夜書房、二〇〇七年）
一升酒を飲む　『ロバに耳打ち』
ボタン押し人間は幸せか　『僕にはわからない』（白夜書房、一九九二年〜双葉文庫、一九九五年〜講談社文庫、二〇〇八年）
わるいおクスリ　『僕にはわからない』
一本ぶんのモク想　『その日の天使』

僕のブロン中毒体験　『固いおとうふ』
哀しみの鋳型　『獏の食べのこし』
最後の晩餐　『固いおとうふ』

第三章　エンターテイメント職人の心得――文学・映画・笑い

なにわのへらず口　『変!!』
デマゴーグ　『変!!』
かぶく・かぶけば・かぶくとき①・③　『とほほのほ』（双葉社、一九九一年～双葉文庫、一九九五年）
赤本と民話　『僕にはわからない』
ヤな言葉①・②　『とほほのほ』
言語の圧殺を叱る　『こらっ』（広済堂出版、一九九一年～集英社文庫、一九九四年）
オリジナルなこと　『空からぎろちん』（双葉社、一九九五年～双葉文庫、一九九九年～講談社文庫、二〇〇八年）
恐怖・狂気・絶望・笑い　『何がおかしい――笑いの評論とコント・対談集』（白夜書房、二〇〇六年）
エンターテイメント職人の心得　『固いおとうふ』

第四章 こわい話——不条理と不可思議

ミクロとマクロについて 『僕にはわからない』
人は死ぬとどうなるのか 『僕にはわからない』
「偶然」について 『僕にはわからない』
こわい話 『僕にはわからない』
日常の中の狂気 『僕にはわからない』
地球ウイルスについて 『僕にはわからない』
婆あ顔の少女 『僕にはわからない』
天井の上と下 『僕にはわからない』
日本は中世か 『こらっ』
いまどきの宗教 『こらっ』
「圧殺者」を叱る 『こらっ』
デッドエンド・ストーリー 『獏の食べのこし』
自動販売機の秘密 『獏の食べのこし』
私のギモン 『獏の食べのこし』
万願寺の怪 『固いおとうふ』
ジャジュカの呪い 『あの娘は石ころ』
ストリート・ファイトについて② 『とほほのほ』

第五章　サヨナラにサヨナラ――性・そして恋

保久良山　『僕に踏まれた町と僕が踏まれた町』
Dedicate to the one I love　『獏の食べのこし』
性の地動説　『獏の食べのこし』～『世界で一番美しい病気』（角川春樹事務所、二〇〇二年）
やさしい男に気をつけろ　『獏の食べのこし』～『世界で一番美しい病気』
愛の計量化について　『獏の食べのこし』～『世界で一番美しい病気』
失恋について　『獏の食べのこし』～『世界で一番美しい病気』
灯りの話　『愛をひっかけるための釘』～『世界で一番美しい病気』
よこしまな初恋　『愛をひっかけるための釘』～『世界で一番美しい病気』
恋の股裂き　『空からぎろちん』～『世界で一番美しい病気』
ご老人のセックス　『恋は底ぢから』
サヨナラにサヨナラ　『愛をひっかけるための釘』～『世界で一番美しい病気』

編者解説

小堀純

らもさんが私たちの前から姿を消して、もう十年以上がたつ。

二〇〇四年七月二十六日、らもさんは五十二歳だった。私はひとつ下の五十一歳になったばかりだった。そのときは、らもさんの享年・五十二歳を〝若い〟とは思わなかった。

世間の理不尽さに怒り、作家として、ロックミュージシャンとして、表現しようとする意思のベクトルはより激しくなっていた。一方で、これまでの軌跡をふり返る語り下ろし自伝『異人伝』（ＫＫベストセラーズ～講談社文庫）を出し、実現はしなかったが「らも講座」のようなものを月一回開いて、コピーライターを経て作家になった「中島らも」の流儀・実践を若い人たちに開陳したいと云っていた。

これから書く小説のアイデアを語るときはたのしそうだったし、執筆中の近未来私小説『ロカ』の主人公・小歩危《こぼけ》ルカの歳になるまでは、まだまだ時間があった。やりたいことはたくさんあったし、やらなければいけないこともまだまだいっぱいあったと思う。酒もよく呑んでいた。さすがに若い頃のような大酒はしなかったが、居酒屋では呑みながら、愛用の十六面鏡やお椀のついた特製ギターを弾きまくりゴキゲンであった。

『異人伝』でらもさんの〝聞き部〟を務めた私は情報誌『プレイガイドジャーナル』時代から長年、らもさんの側にいて仕事をしてきた。

本書にもでてくる「たまらん人々」では、「原稿料が安いから値上げしろ。誠意ある回答なくば、次回からは全文字平仮名で書く」とおどされたこともある。私が渋々〝千円〟値上げしたら次の回は漢字が多かった。アホなやりとりをしていたが、らもさんの原稿はていねいで、誤字・脱字もなく、エンピツで書かれた文字が美しかった。まだ写植の時代の話である。らもさんは印刷会社にいたことがあったので、出版のデッドラインはよく心得ていたが遅れることは少なく、締め切りはしっかり守る人であった。

『せんべろ探偵が行く』(文藝春秋～集英社文庫)では一回目に、らもさんが大阪・新世界で倒れ、私と大村アトムが介抱した。神戸・三宮で呑んだときは私がツブれ、らもさんに介抱してもらった。

いろんな所でいっぱい呑んだが、らもさんは「もう呑めない」とは云ったことがなかった。らもさんが亡くなる前の年だったか、梅田で呑んでいて私が「あきまへんわ。

もう帰ります」と云うと、らもさんはタクシー代だと云って一万円わたしてくれた。「領収書もらっといてね」と云ったらもさんはまだ呑み足りないようで少しさびしそうだった。たぶん、もう少し呑みに行ったのだろう。「酒仙」という名がふさわしい人だった。

本書をご覧になればおわかりと思うが、らもさんは実に多彩な仕事をしてきた。印刷会社の営業マンから始まり、広告代理店勤務のコピーライター、作家、詩人、作曲家、劇作家、俳優、ロックミュージシャン……。

多芸多才なこれらの肩書きに加えて、ラリリのフーテン、薬物中毒者、大酒呑みの酔っぱらい、躁うつ病患者でもあった。

五十代にして、すでに人の何倍も生きたであろう濃い時間がらもさんの風貌には表れていた。「老成」とは少し意味あいが違うが、数えきれない危うい時間を乗り越えてきた大人《たいじん》としての風格があった。

もう若くはないが、やることはやってきた。たぶん、「五十二歳」はこれまでの仕事を一度整理して、そこから更に高みへと昇る希代の天才の通過点だったのだろう。五十代を乗り越えれば、らもさんがエッセイに書いた〝嫌われ者の八十六歳のじじい〟（「わが葬儀」）になっていたのではないか。

らもさんは泥酔して階段から落ち、そうはならなかった——。

亡くなった翌年、河出書房新社から『文藝別冊　総特集中島らも――さよなら、永遠の旅人』（二〇〇五年二月、二〇一二年十一月に『増補新版――魂のロックンローラーよ、永遠に』刊行）が出版された。私は編集協力のほか、「中島らもエッセイ・ベスト20」を選ぶという大役を仰せつかった。

らもさんが各紙・誌に書いたエッセイがたまるとテーマを決め、再構成して一冊の本に仕立てるのが私の仕事だった。それはたのしくて編集者冥利に尽きる仕事だったが、数多ある中島らもの珠玉のエッセイから「二十本」だけを選ぶのは至難の業であった。

今回、筑摩書房から依頼されたのは同じベスト版でも二十本より多く選べるわけだから、これ幸いと取りかかったのだが、これが甘かった。

各章ごとに、「生いたち・生と死」「酒・煙草・ドラッグ」「文学・映画・笑い」「不条理と不可思議」「性・そして恋」にテーマを分け、厖大なエッセイ群の中から付箋をつけていったのだが、前にも増して本が色とりどりの付箋のジャングルになった。

私が云うまでもないが、らもさんのエッセイはおもしろい。森羅万象について博覧強記なのだが、文章は平易で読みやすく、随所にユーモアとセンチメンタルがほどよくブレンドされている。

「文章は起・承・転・結で進めなくていい」とらもさんはよく云っていたが、まず、ツカミ＝勘どころを押さえてテンポよく展開する、独特のリズム感がらもさんのエッセイにはある。哲学的な深淵なテーマを扱っていても、鋭い洞察力に裏打ちされた知性が自在な文章となって表れるので入っていきやすいのだ。

「ベスト20」なら、入れられる数が少ないのでかえってあきらめがついたが、本書はその約四倍のエッセイが入っている。各章ごとにテーマを決めているのでその分配と案配が難しかった。読み返すと、どのエッセイも至極おもしろく、いっそのこと、ランダムに選んでも充分一冊の本になるのではないかとさえ思った。

現在《いま》あらためて思うのは、五十二歳以降の「中島らものエッセイ」をもう読むことがかなわないということだ。それが何より、かなしい。

六十代、七十代、そうして八十代になった中島らものエッセイが読みたかった。そう思うのは、モチロン、私だけではないだろう。

こんなことを書くと「たらとますは北海道や」という、らもさんのお叱りが聞えてきそうだ。

解説　中島らもと私

いとうせいこう

五十歳を過ぎて昔を振り返ってみる機会が何度かあり、「あの時あのTVディレクターと知り合っていなかったら」とか、「あの時あの編集者と出会っていなかったら」とか色々な強運に驚きと感謝の思いなど深くしていたのだが、そのあれこれの糸のようなものがいちいち中島らもにつながっていることに気づいたある瞬間は本当にド肝を抜かれたし、当時何も考えていなかった自分のバカさ加減も身にしみた。

私は大学生の頃、一人でスタンダップコメディをやっていた。いわゆるピン芸というやつを。いつの間にかそれを面白がる大人が出てきたが、ヘソ曲りの私は誘いがかかってもマスメディアの表舞台に出ていかなかった。

そんな時、のちに「ラジカル・ガジベリビンバ・システム」を一緒に結成することになる宮沢章夫と知り合い、共に『スネークマン・ショー』のビデオを撮る過程で、シティボーイズ、竹中直人、中村ゆうじらと意気投合していくのだが、その延長の彼らの舞台公演の大阪ツアー（一日のみ）にだけ私が参加した記憶がある。東京で怪優・笹野高史が演じていた役を、ブッキングのミスか何かで芝居の仕方も何もわからない大学生の私がつとめたのである。つとまったかどうかはわからないが、短い時間でセリフを覚えたとも思えないし、だからといって怒られたようにも記憶しない。ともかくド素人の私はやった。他のメンバーに食われないよう牙をむいたのではないか。まして東京の笑いに厳しい大阪である。攻撃的だったに違いない。自分の性格からいって、窮鼠《きゅうそ》猫を嚙むということだったろう。何か舞台奥の高い所から客を見下していた思い出がある。

そこから私の芸能人生が知らぬ間に始まっていた。宮沢さんたちとのつながりで私は数年後に自分を中心とするレギュラー番組を持ったりもするし、観客の中にいた人たちが私に仕事を振ってきたりもした。

そして、今から考えればこの大阪公演のバックにらもさんがいたのであった。チケットが売れるかどうかもわからない前衛お笑い集団を大阪に呼んだグループの中核はらもさん以外になかった。

私の頭にはぼんやりとした映像が浮かぶ。舞台が始まる前、照明や音響の打ち合わせの時、がらんとした客席のあたりに若き中島らもが立っていて、その前にもっと若い私がいる。紹介されてお互い社交的とは言えない二人がバチバチと視線をかわして（いや、実際はそらせていただろう）いる。

そこにらも一派が観に来ていたことを私は先日三十年ぶりくらいに知る。私がスペースシャワーTV開局から看板キャスターみたいになったのは、思えばこの舞台を観た音楽関係者（今のゴンチチ一派）が私を気に入ったからであった。

公演のあと、私は誰かに連れられて事務所だかスタジオだかに行き、当時の密室ネタをすべてやらされた。事情もわからず私は、自分のネタに興味を持ってくれる怪しい大人のために全力で危険なネタをやった。やり尽した。

その時のネタが関西ローカルの番組で少しずつ流されているらしいと知ったのはずいぶんのちのことである。私には確かめようがないから、ただの噂かもしれない。ただ、もし放送されていたとすれば中島らもプレゼンツの番組に違いなかった。私を認めてくれたその人は、私に連絡もなく私のビデオを放映した可能性があり、それを私も気にしなかった。放映していなかったとしても私は気にしない。

のちのち二人で何回か対談をした。中の一回はらもさんがアルコール中毒になって以降で、酒は禁じられていた。けれど確か恵比寿の喫茶店の私の前の席で、らもさんはマネージャーの目を盗んでテーブルの下から取り出した何かの瓶から液体をすすった。私はただ見ていた。私を世に出したといってもいい人だった。私はその事実を忘れていた。けれど疑いようもない尊敬の念があった。自由にさせておきたかった。残酷なことなのだったけれど。

もっと多くの目に見えないことがあっただろうと思う。あの人は照れて何も言わないので、東京風味たっぷりの私がなぜか関西の一部で妙な受け入れられ方をしていた理由のすべては把握出来ない。そこには中島らもの加護があったに決まっていて、私は今になってエッセイ・コレクションを読むことで、その恩を推測し、どちらともつかない方向に頭を下げている。先輩、ありがとうございます。

この原稿を私は劇団ままごとの『わが星』という名作を再々演しているバックステージで、裏方の机を借りて書いている。前日のぎっくり腰を抱えながら原稿用紙にシャーペンで（ノートブックパソコンを運べる腰じゃないからだ）。

そして感慨に打たれているのである。中島らももこうやって締切りに追われ、芝居の合間に書き飛ばしていたはずだから。私はいつの間にからもさんを自分の中で反復しているのだ。おそらくあなたのスピードで私もこれを書いている。

本書のなかには今日の人権意識に照らして不適切な語句や表現がありますが、時代的背景と作品の価値にかんがみ、また、著者が故人であるためそのままとしました。

本書はちくま文庫のためのオリジナル編集です。

ちくま文庫

中島《なかじま》らもエッセイ・コレクション

二〇一五年七月十日　第一刷発行
二〇二五年九月五日　第七刷発行

著　者　中島らも（なかじま・らも）
編　者　小堀純（こぼり・じゅん）
発行者　増田健史
発行所　株式会社　筑摩書房
東京都台東区蔵前二―五―三　〒一一一―八七五五
電話番号　〇三―五六八七―二六〇一（代表）
装幀者　安野光雅
印刷所　中央精版印刷株式会社
製本所　中央精版印刷株式会社

ISBN978-4-480-43283-4 C0195